KB158709

행성B 산문 시리즈 쓰는 존재 6

의미의 발명

은근하고 다정한 마음의 방문

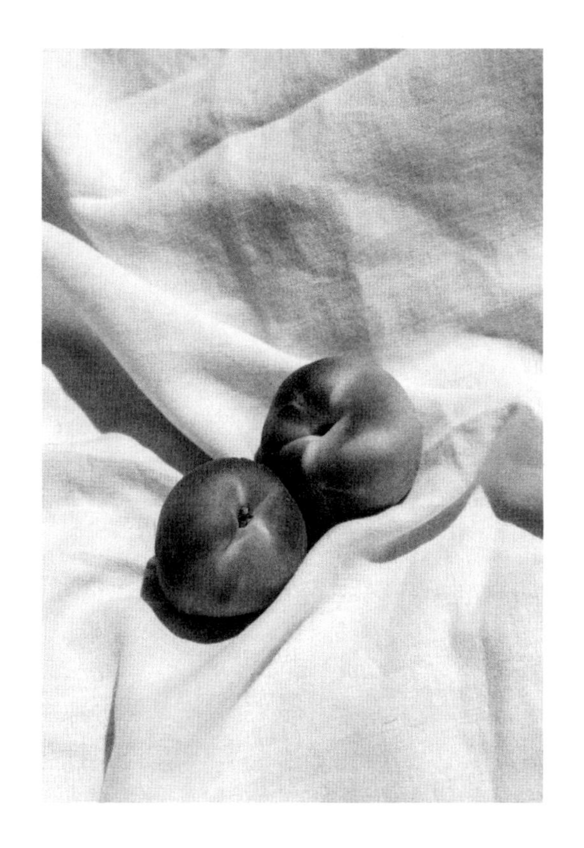

김병수 지음

행성B

프롤로그

태양을 돌고 있는 지구와 그 위에 타고 있는 나에 대해 생각해 본다. 지구는 65억 년 전 태어나면서부터 꾸준히 태양 주위를 맴돌고, 나는 사람으로 태어나서 1년에 한 바퀴, 65억 번 중에서 100번 남짓 지구와 함께 태양을 돌다가 사라지겠다. 65억 번과 100번, 아득한 차이에 감이 오지 않다가도 65억 원과 100원이라는 화폐 단위로 바꾸면 바로 이해되는, 나도 어쩔 수 없는 자본주의적 인간이구나. 그리고 나의 삶이라는 것은 참 사소하구나.

사는 일에 거창한 의미는 두지 않으려고 한다. 지구라는 커다란 롤러코스터를 타고 태양계 놀이공원 궤도를 길어야 100번 남짓 도는 동안 겁내거나 걱정하지 말고 재미있게 지내다가 내리면 되는 것이 아닐까? 나와 동승자로 지구를 타고 가는 자연과 사물들을 보면서 내 사소한 삶의 의미를 생각해 본다. 정해진 의미란 본래 없다. 의미는 찾는다기보다 조각을 맞추어 만드는 것이며, 발견하기보다는 조금씩 발명해 나가는 것이다. 내가 의미 있다고 생각할 때 의미는 비로소 태어난다.

소소하고 무용해 보이는 것들이 의미가 된다. 숫자로 이해되지 않고 단위로 환산되지도 않는 것들. 이를테면 보고 싶어 출렁이는 마음, 갑작스레 터지는 웃음, 그대로도 괜찮다는 위로, 은근히 따뜻한 사랑 같은 것. 주변의 사물과 사람들 사이, 인연과 만남으로 이루어지는 수많은 화학작용을 통해 의미는 발명되고 있다.

한겨울밤, 모닥불을 피우고 한참 바라본 적이 있다. 타오르는 색색의 불꽃, 장작이 타닥거리거나 쉭쉭 대는 소리, 날아올라 사라지는 불티. 장작은 한참 불에 타고 난 뒤 점점 잘게 부서져 숯이 되어가며 더욱 붉게 일렁이고 있었다. 아름다웠다. 그리고 숯불이 된 후에 오히려 활활 타오를 때보다 더 뜨거운 열기를 발산하는 것 같았다. 왜 그럴까 생각하다가 깨달았다. 나도 모르게 숯불 곁에 바싹 다가가 앉아 있었다.

불이 타오를 때는 불꽃에 닿을까 물러나 있다가 불길이 어느 정도 잦아든 뒤에 가까이 다가서니 더 뜨겁게 느꼈던 것이다. 장작은 그 속까지 타올라야 온전히 열기를 품는 숯이 된다. 모닥불이 타오를 때보다 사람들을 가까이 불러들여 그 뜨거움을 오래도록 전달한다.

살면서 비록 격렬하게 타오르지는 못했더라도 숯불 하나 만들 정도로는 꾸준하게 불꽃을 피워왔지 싶다. '마음가짐'이라는 말이 있다. 마음의 자세를 일컫는데, 나는 자기의 마음을 자기가 가진다는 뜻으로 해석한다. 아랑곳하지 않는 마음 한 조각 단단히 가져가는 것, 그것이 삶에서 발명하는 최고의 의미가 아닐까 생각한다. 누군가 피워놓은 장작불에 스스럼없이 곁불을 쬐고 서로의 온기를 나누듯이 다정한 마음으로 읽어주면 좋겠다.

차 례

Part 2 사랑, 활활 말고 은근하게

Part 3 관계, 너그럽고 다정하게

Part 4 성장, 더디더라도 조금씩

Part 1

마음, 열렬하지 않지만 뜨끈한

마음을 꺼내 구멍을 메웠습니다

유튜브에서 우연히 자전거 펑크 때우는 영상을 보다가 옛날 생각이 났다. 자전거로 등하교하던 학창시절. 그때의 자전거에는 '따르릉따르릉 비켜나세요'하는 가사처럼 제아무리 꼬부랑 노인이라도 우물쭈물하지 말고 알아서 피해야 하는 위력이 있었다. 차도로 마음껏 달려도 별로 두렵지 않던 시절, 자전거는 나에게 이동을 위한 필수 수단이었다.

그때는 길 상태가 좋지 않아서 그랬는지 자전거에 펑크가 잦았다. 펑크 난 자전거를 처음에는 자전거 수리점(자전거포라고 했다)에서 수선하다가, 비용 절약 차원에서 장비를 장만해서 집에서 때우기 시작했다. 준비물은 간단했다. 펌프, 본드, 튜브 조각, 사포. 타이어에서 튜브를 빼내어 펌프로 바람을 채우고, 물 담긴 대야에 담가 돌려가며 새는 곳을 찾는다. 그러면 뽀그르르 공기 방울이 올라오는 곳이 보이는데, 바로 그 곳이 구멍 난 곳이다.

그러면 이제 잘 막는 일만 남았다. 요즘은 전용 패치가 있지만, 그때는 헌 튜브를 타원 모양으로 잘라 붙여 썼다. 본드를 바르기 전에 사포로 구멍 주위를 긁어 거칠게 만들어야 했다. 그래야 그 우툴두툴한 틈새를 본드가 메우면서 잘 밀착되었다. 자른 튜브를 본드를 써서 눌러 붙인 후 다시 타이어 안에 밀어 넣으면 작업 끝.

마음이라는 것도 그렇다. 조그만 구멍이라도 나면 그 구멍으로 바람은 계속 새어 나간다. 그러다가 마음이 펴지는 순간이 올 때면, 자전거 튜브를 때우듯 같은 작업이 필요하다. 먼저 튜브에 바람을 불어 넣는 것처럼 마음에 기운을 불어 넣어야 한다. 일단 뭔가 맛있는 것이라도 먹으면서 기분이 조금이라도 부풀어야, 뽀그르르 방울이 올라오는 구멍 난 부위를 잘 찾을 수 있다.

구멍 난 곳이 발견되면 그 주변을 긁어야 한다. 그냥 붙이면 미끈거려 잘 붙지 않기 때문에, 튼튼하게 붙이려면 필요한 작업이다. 가려울 때 긁으면 시원한 이유는 긁은 자극으로 공기가 통해서 그렇다. 땅을 긁어 밭을 가는 것도 그렇고, 효자

손이나 때수건도 마찬가지다. 적절히 긁어주는 것은, 서로 통하도록 만들어 주는 일이다.

글과 그림과 그리움 같은 말도 긁는다는 말에서 유래했다고 한다. 원고지를 긁으면 글이 되고, 도화지를 긁으면 그림이 되며, 마음을 긁으면 그리움이 된다. 맨질거리는 곳에는, 뭔가를 쓰기도 그리기도 붙이기도 어렵고 쉽게 지워지기도 한다. 삶은 서로 비비면서 생기는 마찰력으로 조금씩 거칠어지며 살아가는 일이다.

긁는 것만으로 일이 마무리되지는 않는다. 땅을 긁어 밭을 갈았으면 씨를 뿌려야 하듯, 살을 긁어 때를 밀었으면 물로 씻어내야 하듯, 구멍 난 곳을 긁었으면 잘 때워야 하는 일이 남는다. 이제 상처보다 더 크게 오려낸 내 마음 조각을 덧대어 꾹 눌러 붙인다. 그래야 바람 빵빵하게 채워 넣고 다시 달릴 수 있다. 긁고 때우는 일이라는 것은, 어려워 보이지만 직접 해보면 간단한, 자주 하다 보면 쉬워지는 일이다.

양파를 잘게 썰면 수북해진다

한껏 뛰어올라 공중에 정지한 듯 멈춰있는 사진, 점프샷. 디지털카메라 초기 시절에는 이거 한번 찍어보겠다고 "자~ 하나 둘 셋~. 아~ 다시 뛰어. 다시, 다시"를 연속하다가 지쳐 쓰러지곤 했다. 여간해서 눈과 손, 셔터 사이 시차를 극복하지 못했다. 근데 요즘은 스마트폰 연속 촬영 모드로 점프샷을 쉽게 찍는다. 시간을 촘촘히 쪼개면 가장 높은 곳에서 활짝 웃으며 손을 펼친 절정의 순간을 남길 수 있다.

영화는 필름 속 여러 정지된 사진들을 빠르게 돌려 상영하는 것이다. 삶이라는 영화 역시 연속된 필름 속에 높고 낮은 수많은 점프의 시간이 있다. 바닥을 차고 위로 힘껏 뛰어올랐던 순간, 그 순간순간의 모습은 시간을 촘촘히 쪼개 볼 때 비로소 온전하게 드러난다.

무, 양파 같은 채소를 촘촘히 썰어보면 안다. 덩어리 때 보다 수북이 쌓여 한결 풍성해진다는 것을. 시간도 그렇다. 촘촘히 쪼개어 쓰면 생각보다 풍성한 일을 할 수 있다. 촘촘히 쪼개면 보이지 않던 것도 보인다. 초음파는 몸을 촘촘히 찍어 볼 수 있게 하여, 발견하기 어려운 내부의 이상을 볼 수 있게 한다. 상대에 대한 촘촘한 사랑의 마음은 삶을 풍성하게 하고, 그동안 못 보았던 의미를 발견하도록 만든다.

사랑의 마음은 찬찬하고 바쁘지 않다. 누군가 땅을 박차고 높이 떠오른 순간을 놓치지 않고 건져내어 빛나게 한다. 혹시 누군가 내 옆에서 계속 깡총거리며 힘을 내어 땅을 박차 뛰어오르고 있는데 그냥 외면하고 있지는 않은지, 그가 힘들어서 헐떡거려도 응원 한 마디 건네지 못하고 있는 건 아닌지 찬찬히 살펴보자. 혹시 카메라가 없다면 곁에서 바라보기만 해도 괜찮다.

뭔가 촘촘하게 썬다고 할 때 '다진다'라고도 한다. 촘촘하게 바라보는 일은 마음을 서로 다지는 일이다. 그렇게 단단히 다져진 마음 위에서라면 우리는 서로 힘껏 박차고 뛰어오를 수 있다. 그렇게 밝게 웃으며 손을 번쩍 들고 뛰어오르는, 서로에게 오래 남을 멋진 점프샷을 남길 수 있다.

눈오리 집게를 사는 마음

3월의 퇴근길. 버스 정류장 옆 노점에서 눈오리 집게를 팔고 있었다. 눈을 모아 눌러 찍으면 작은 오리 모양을 만들어 주는 기구다. BTS의 멤버 RM이 눈오리 사진을 SNS에 올려서 화제가 되기도 했다. 유난히 눈이 많았던 지난겨울에는 구하기도 쉽지 않았는데, 겨울이 거의 지나고 나서야 파는 것을 처음 발견했다.

가격표를 보니 5천 원 하던 집게가 두 번의 가격 인하를 거쳐 2천 원으로 내려왔다. 핑크색 눈오리 집게 한 개만 남아있었다. 노점상 아저씨에게 "이제는 날씨가 따뜻해서 돌아오는 겨울이 되어서야 쓸 수 있겠네요" 했더니, "아니에요. 이걸로 밥 눌러서 주먹밥도 만들어 먹고 그래요" 했다. 노란색이 더 인기라 다 나갔고, 핑크색은 천오백 원만 달라고 해서 오백

원을 더 싸게 샀다. 집에 가져와서 신발장에 넣어놓았다. 아마 봄눈 내릴 일은 더 이상 없을 것이라서, 눈오리 집게는 나와 같이 올겨울을 기다리며 계절을 보내겠지 싶었다.

눈오리 집게를 사는 마음은 아직 오지 않은 시간을 지금에 다 끌어다 놓는 일이다. 그걸 기다림이라고 국어사전은 말한다. 아내가 아기를 가졌을 때, 아기가 태어나서 신을만한 작은 신발을 미리 사 두었다. 장식장에 가지런히 신발을 올려놓고 아기를 기다렸다. 나중에 아이가 그 신발을 신었을 때, 지금껏 기다렸던 시간을 떠올렸다. 오래 기다린 것 같았는데 순식간이었다. 가끔 힘들 때면 이 시간이 언제 지나나 싶지만 지나고 보면 시간은 금방 흘러있다. 다시 겨울이 오고 눈이 내리면 지금을 생각하며 눈오리를 찍을 때가 올 것이다.

기다림을 품고 있는 사물들이 있다. 달력은 동그라미 친 숫자마다 기다림을 품고 있고, 봄꽃은 열매를 품고 씨앗은 싹을 품는다. 생각해 보면 핫팩, 수영복, 캠핑 도구, 여권, 구급약품 같은 수많은 사물들은 모두 기다림이라는 하나의 국적을 가진 동족이다. 기다림을 지켜내는 혈족들이 있어서 기다림은 지치지 않고 외롭지 않게 기다리는 삶을 지속해 나가는 것이다. 눈오리가 있어서 나는 일찍부터 눈을 기다리며 봄과 여름과 가을을 무사히 견디고 희망차게 살아낼 것이다.

접고 펼치는 일

문구점에 갔더니 종이학 접기용 색종이가 다양하게 나와 있었다. 스마트폰 절반 정도 크기도 안 되는 작은 색종이들. 나도 어릴 때는 색종이를 오려가며 종이학이며 학알이며 꽤 접었는데, 이제는 접는 법도 잘 기억나지 않는다. 가격도 얼마 하지 않아서 한번 사보았다.

유튜브로 종이학 접는 방법을 찾아보았다. 예전처럼 그림 예시를 보고 앞으로 뒤로 접는 점선과 화살표로 짐작하며 접는 것보다 확실히 동영상이 더 쉬웠다. 그런데 손가락에 살이 붙었는지 종이가 작아서 그런지 영상처럼 모양이 딱 맞게 접혀지지 않았다. 결국 날아가는 데 크게 지장은 없을 것 같은 익룡 닮은 종이학이 완성되었다.

종이접기는 접고 펼침의 연속이다. 접어서 자국을 만들고 다시 앞뒤로 접고 펼치다 보면 평면이 입체로 바뀌면서 모양이 완성된다. 종이접기는 반복의 연속이기도 하다. 접는 대상인 사물과 동식물 모양이 대부분 대칭이라서 한번 접은 대로 뒤집어 반복하여 접고 또 접는다.

접는다는 말에는 접어 만든다는 뜻도 있지만 그만둔다는 뜻도 있다. "이제 마음을 접을 거야"라는 말은 무엇인가 바라던 마음을 이제 내려놓겠다는 뜻이다. 포기는 행동의 일이지만 단념은 마음의 일이라서 바로 끊기 힘들 때가 있다. 그때는 그냥 종이를 접듯 가만히 일단 접어놓아 두는 편이 좋다. 한쪽을 접으면 그 반대쪽은 펼쳐지는 것이 접기의 속성이다. 책의 한 페이지를 접어야 다음 페이지가 펼쳐지듯, 오늘을 접으면 내일이 펼쳐지듯, 펄쩍 뛰면 몸이 접혔다가 펴지듯, 접기는 항상 펼침과 함께한다.

살아가며 접고 펼칠 것이 있다면, 접을 건 걱정이고 펼칠 건 응원이다. 걱정은 접어놓고 응원을 펼치며, 예전에 접어놓아 자국이 생긴 마음은 돌보는 시간을 가져본다. 혹시 당신을 생각하며 접은 것이 학이 아니라 익룡이라면 또 어떤가. 어떻게든 날아가기만 하면 되는 거지. 조심해라, 당신에게 날아가 사랑의 불길을 마구 뿜어댈지도 모른다.

감정 처리 도구

인터넷에서 '그릭 모모'라는 이름의 디저트를 파는 가게를 보았다. '그리스인'을 뜻하는 Greek에 복숭아의 일본말인 모모(もも)를 더해서 만들어진 제품명이었다. 아마도 일본에서 만들어진 디저트가 아닐까 싶은데, 모양이 먹음직스럽게 생겨서 직접 집에서 만들어 보기로 했다.

만드는 법은 간단하다. 말랑한 복숭아를 골라서 꼭지 부분을 잘라낸 후, 씨 있는 주위에 칼집을 내고 작은 숟가락으로 씨를 파낸다. 그리고 파낸 구멍 안으로 그릭 요거트와 꿀을 잘 섞어 넣고, 시리얼을 깐 접시 위에 껍질을 벗겨 올리면 끝이다. 잠시 냉장고에 얼려 차갑게 해서 잘라먹으면 더 좋다.

그런데 실제로 만들어 보니 복숭아씨를 파내는 일부터가 만만치 않았다. 복숭아를 잡고 숟가락을 찔러 넣어 씨를 잘

파내야 하는데 말랑한 복숭아에 섣불리 숟가락을 꽂고 움직이면 과육이 갈라지거나 구멍이 뚫렸다. 그렇다고 너무 조심스러우면 씨가 잘 분리되지 않았다. 힘 조절을 잘해야 씨를 무사히 파낼 수 있어, 간단해 보였지만 그리 쉽지 않았다.

살다 보면 간단해 보인다고 섣불리 시도했다가 낭패를 보는 일이 종종 있다. 스웨터에 삐죽 실오라기가 튀어나와 있을 때 보기 싫다고 무심코 휙 당겼다간 투두둑 올이 풀어져 스웨터를 못 입게 될 수도 있다. 만약 옷에 오물이 묻은 것을 발견했다면, 그걸 털어내야 할지 아니면 닦아내야 할지 잘 판단해야 한다. 털어내면 간단히 해결될 일을 물수건으로 닦아내려다 그대로 얼룩지는 일이 생긴다. 서둘기보다는 찬찬히 살펴서 털어낼 것은 툭툭 털어내고, 거슬리는 보푸라기는 잡아당기지 말고 싹둑 잘라내야 나중에 크게 후회할 일이 생기지 않는다.

일상의 감정도 다를 바 없다. 어떤 감정은 마음속에 복숭아씨처럼 파묻혀 있거나 실오라기처럼 슬며시 삐져나오기도 하고 얼룩처럼 갑자기 눈에 띄기도 한다. 사람에게 불필요한 감정이란 없는 것이라서, 모든 감정은 각각의 이유로 태어나고 자라고 소멸한다. 다만 오랫동안 같은 감정에 빠져 있으면 얼룩이 짙어진다. 그래서 그때의 감정은 쌓아두거나 미루지 말고 바로바로 분리배출 하는 게 현명해 보인다. 나는 슬픔과 후회와 우울과 미련 같은 감정들을 만날 때, 그 감정을 잘라내고 닦아내고 털어낼 도구들을 떠올린다. 가위가 필요할지 물수건이 필요할지 쓰레기봉투가 필요할지.

추억 사용법

일식이 있던 날이었다. 달보다 4백 배나 큰 태양이 달에게 온전히 먹혔다. 지구에 근접해 있다는 사실이 달에게 저토록 용기와 힘을 북돋아 준 것일까? 뉴스에서 다음 개기일식은 10년이 지난 후에나 볼 수 있다고 했다. "10년 후 우리는 어디서 뭘 하면서 일식을 바라보고 있을까?" 하고 아내에게 물었더니 "글쎄, 우리가 그때까지 같이 살고나 있겠나" 하고 답해서 같이 웃었다.

핼리혜성이 떠올랐다. 핼리혜성은 1986년에 지구에 가장 가깝게 다녀갔다. 대략 75년을 주기로 태양을 타원형으로 돌고 있어 2061년 7월에 다시 지구를 찾아온다고 한다. 지금은 주기의 절반쯤 지났으니 아마도 지구에서 가장 먼 해왕성 궤도 근처를 지나고 있을 것이다. 어린 시절, 핼리혜성은 생애에 거의 한 번 보는 것이라 생각했지만, 지금은 수명이 늘어나서 운 좋으면 두 번 보는 사람도 있겠다. 나도 혹시… 하다가, 내가 핼리혜성을 다시 볼 수 있다면 나는 어디서 어떤 모습으로 혜성을 맞이하고 있을까 생각했다.

고대 그리스의 스토아 철학자들은 미래의 어느 시점에서 현재를 떠올리는 '전망적 회고'의 방법으로 현실 속 좌절을 극복했다고 한다. 내가 먼 미래에 늙고 거동이 불편하여 요양원에 있다고 가정하고 지금을 생각하면, 마트에 다녀오고 청소하고 가족과 밥 먹는 사사로운 일상의 시간들이 무척 소중하게 생각될 것이다. 그렇다면 지금 나는 얼마나 값지고 행복한 시간을 보내고 있는가? 핼리혜성이 다시 지구로 돌아올 때쯤, 지금 이렇게 글을 쓰고 있는 시간을 얼마나 그리워할까?

우주는 약속을 꼭 지킨다. 10년 후에는 일식을 다시 볼 수 있을 것이고, 40년 남짓 지나면 핼리혜성은 다시 지구를 찾아올 것이다. 그동안 달은 지구 주위를 계속 돌겠고, 혜성은 반환점을 지나 지구를 향한 긴 여행을 계속하겠다. 그때 내 심장은 지금처럼 무사히 뛰고 있을지 궁금하지만, 그 한참 동안의 시간을 나는 이루고, 실망하고, 만나고, 이별하는, 담담하지만 아름다운 시간으로 채워갈 것이다.

나는 소망한다. 먼 훗날 혜성이 찾아와서 너도 그동안 많이 늙었네, 남 말 하시네 서로 얘기를 주고받을 때, 나도 부디 맑은 눈으로 그 혜성을 마주 볼 수 있기를. 그리고 지금 이렇게 글을 쓰며 그 순간을 40년쯤 전에 미리 떠올렸다는 사실을 대견해하며 추억하기를.

나를 응원하는 모든 것들

나는 예전이나 지금이나 달리기에는 재주가 없다. 오래달리기는 그럭저럭 좀 했는데 빨리 뛰는 건 별로 잘하지 못했다. 초등학교 운동회 때였다. 100미터 달리기 경주에 6명이 한 조를 이루어 뛰었다. 3등까지는 뭔가 상품을 받았던가. 한 번도 받아본 적 없는 나로서는 무엇을 줬는지 기억할 리가 없다. 그날도 아마 꼴찌로 달렸을 텐데 뛰는 중에 들리는 목소리가 있었다. "병수야, 잘 뛴다아." 엄마 목소리였다. 나는 좀 창피했지만, 엄마는 내가 뛰는 것만 보아도 좋다고 했다. 그저 열심히 달리는 모습에 응원을 보내셨다.

응원이란 '그냥' 하는 것이다. 단지 잘했으면 하는 마음에서 나오는, 잘하거나 못하거나 네 편이라는 믿음의 표현이다. 너를 믿으니 꼭 잘해야 한다고 부담을 주거나, 자신의 이익을 위해서 바라는 것이라면 응원이라고 할 수 있을까? 영화 〈위플래쉬〉에서 드럼을 가르치는 선생은 말에게 채찍을 휘두르듯 학생들을 다그쳤다. 말은 채찍으로 절대 응원받을 수 없다. 그래서 경마장 그라운드나 관중석 어디에도 환호성은 있으나 응원은 없다.

어미새는 아기새가 어느 정도 자라면 더 이상 먹이를 물고 가까이 다가가지 않는다. 대신 먹이를 물고 나뭇가지에 앉아 아기새들이 둥지 밖으로 나오기를 기다린다. 아기새들은 둥지에서 하나둘 뛰쳐나오지만, 날갯짓이 서툴러 퍼덕이며 한참을 헤맨다. 그러다가 얕은 나뭇가지에 겨우 날아오르면, 지켜보던 어미새는 그제야 아기새에게 다가간다.

가만히 보면 세상은 그렇게 은근히 기다려 주는 응원으로 유지된다. 해는 멀리 지구 식물을 응원하여 햇빛을 보내고, 식물은 꽃과 열매를 만들고 산소를 뿜어내어 동물에게 응원을 보낸다. 달은 은은한 달빛을 지구로 비추며 깜깜한 밤을 응원하고, 밤은 많은 생명이 사랑하고 편안히 잠들도록 어둠으로 응원한다.

우리 일상도 그렇다. 삶은 혼자 힘으로 살아지지 않는다.

운동 경기 내내 응원이 계속되듯, 삶이라는 운동장 역시 응원으로 가득하다. 나도 모르는 동안 세상 별별 것들이 다 내게 응원을 보낸다. 내가 보는 밤하늘의 별빛은 나를 만나러 수백 년 전 각자의 별을 떠나왔고, 식탁 위의 물고기는 먼바다의 생을 담아 나에게까지 찾아왔다. 그들의 응원에 대한 답은 거창하지 않아도 된다. '고마워요. 그냥 지금처럼, 하던 대로 삶을 달려볼게요.'

달리다 보면 바람이 나에게 응원을 보낸다. 뒷바람은 등을 슬며시 밀어주고, 맞바람은 얼굴에 흐르는 땀을 시원하게 말려준다. 박차고 나갈 수 있도록 단단한 땅이 내 발을 받쳐주는 동안, 주위에 걷고 뛰는 이들의 발소리, 뒤로 지나치는 나무들, 온갖 사물들이 수런수런 응원의 말을 건넨다.

오늘 아침에는 지구 반대편 나라에서 건너온 커피 한 잔이 하루의 시작을 따뜻하게 응원하고 있다. 내가 여기까지 오려고 불에 볶이고 가루가 되었다고, 그러니 너는 오늘 하루 힘내서 그냥 달려달라고. 네가 그렇게 뛰는 것이 그냥 좋다고, 네가 살아있어 참 좋다고.

승자와 패자가 없는 게임

'해적룰렛'이라는 게임이 있다. 술통에 해적이 들어가서 머리만 내놓고 있는 모양인데, 통을 빙 둘러 스무 개 정도 좁은 구멍이 나란히 뚫려있다. 게임이 시작되면 참가자들이 번갈아가며 구멍에 플라스틱 칼을 하나씩 꽂아 넣는다. 그 구멍 중 하나는 해적과 스프링 장치로 연결되어, 그곳에 칼을 꽂으면 해적이 펑 튀어 오르게 되어있다. 그게 어느 구멍인지 게임 참가자 누구도 미리 알 수 없는 것이 이 게임의 묘미다. 해적이 튀어 오르면 게임에서 지기 때문에, 칼을 하나씩 꽂을 때면 마치 러시안룰렛의 방아쇠를 당기는 듯 긴장감이 연출된다.

이 놀이기구를 가지고 한참을 놀았다. 막상 게임을 해보니 별것 아닌데도 긴장감이 장난 아니다. 칼을 번갈아 꽂을수록 다음 칼, 그다음 칼에 해적이 튀어 오를 확률이 점점 높아지니까 마음이 조마조마했다. '이번에 꽂을 때 튀어 오르면 어쩌나?' 해적이 무사하길 빌며 살그머니 칼을 꽂고, 꿈적 않는 해적을 확인하며 안도했다. 그러다 또 내 차례가 돌아오고, 돌아오고….

한참 게임을 하는데, 누군가 이제 경기 방식을 바꿔보자고 했다. 이제는 해적을 튀어 오르게 하는 사람이 지는 게 아니라 이기는 것으로. 어차피 이러나저러나 마찬가지라고 생각하고 그렇게 하기로 했다. 그런데 막상 해보니 그게 아니었다. 신기하게도 규칙을 바꾸니 칼을 꽂는 마음가짐이 확 바뀌었다. 더 이상 조마조마 떨리지 않았다. '해적이 제발 튀어 올랐으면' 하는 기대감에 칼을 쿡쿡 꽂았다. 해적이 꿈적 않고 버티면 아쉬운 탄성으로 다음 차례를 기다렸고, 그러다가 혹시나 펑 튀어 오르면 "우와아~" 기쁨의 환호성을 질렀다. 기대감으로 임하는 게임은 긴장감을 흥겨움으로 바꾸어 놓았다.

살다 보면 해적룰렛게임 같은 상황을 종종 만나게 된다. 시험이나 오디션, 중요한 발표, 면접, 사랑 고백 같은 상황들. 그때마다 보통 잘못되면 어쩌나 하며 걱정하고 긴장하면서 칼을 꽂는다. 그런데 어차피 해야 할 일이라면 걱정과 두려움보다는 기대와 희망으로 상황을 받아들이는 게 훨씬 편안하지 않을까?

통 안의 해적은 삶의 은유 같다. 인생은 결국 패자가 없는 게임이고, 좋고 안 좋고의 평가는 결국 스스로 하는 것이라고. 그러니 승패에 연연하지 말고 늘 다음을 기대하며 즐겁게 살아가라고. 나는 너를 위해 힘껏 튀어 오를 테니, 너는 자신 있게 네가 할 일을 마땅히 하라고.

자꾸 샛길로 새고 있다면

출근길에 버스에서 내려 지하철역으로 가려면 공원 한 귀퉁이를 지나가야 한다. 나무들 사이로 걷기 좋게 포장된 보도가 지하철 입구를 향해 이어지는데, 산책로가 보통 그렇듯 공원을 빙 둘러 돌아가게 되어있다. 이른 아침 지하철은 배차 간격이 길어서 한 번 놓치면 다음 지하철이 올 때까지 십여 분을 더 기다려야 한다.

내가 타는 버스는 지하철 시간 3~4분 전에 지하철역 근처 정류장에 나를 내려놓는다. 나는 문이 열리자마자 뛰기 시작해 지하철 플랫폼에서 뚜두두두 소리가 나기 직전에 겨우 도착하곤 한다. 매일매일 버스와 지하철과 나는 모두 그런 일상을 반복하고 있었다.

어느 날 샛길이 눈에 띄었다. 공원 나무숲 사이를 가로질러

지하철역으로 가는 샛길이 보였다. 그 길로 가려면 낮은 울타리를 뛰어넘어야 했는데, 그건 그 샛길이 보행 길이 아니라는 의미였다. 그래도 그 길로 가면 조금 천천히 뛰어도 시간을 맞출 수 있었기에 나는 점점 자주 양심과 지름길을 맞바꾸곤 했다.

그러던 어느 출근길에 나는 깜짝 놀랐다. 샛길 자리에 진짜 길이 생겼다. 샛길에 보행 매트를 깔아서 공식 통로를 만들어 놓은 것이다. 눈치 보며 뛰어넘곤 했던 울타리도 없어졌다. 나는 공원을 관리하는 공무원에게 진심으로 감사했다.

공원을 관리하는 입장에서 그렇게 길을 만들기란 쉽지 않았을 것이다. 샛길은 이름부터가 샛길이라서, 그 길로 새지 못하도록 보통은 줄이나 철조망으로 통행을 막아놓는다. 따지고 보면 세상의 모든 길이 처음부터 길은 아니었다. 사람이나 짐승이 자주 다니다 보니 흔적이 생기고 이윽고 길이 되었다. 길은 길들임의 결과다. 반복이 공간을 길들여 길이 된다.

길을 만드는 그 힘센 '반복'이 마음을 길들이면 습관이 된다. 나도 모르게 마음에 샛길이 있는 것은 아닐까? 점점 흔적이 분명해지는 샛길이 있는데 외면하고 있는 게 아닐까? 마음이 자꾸 어딘가 샛길을 내고 있다면 그곳에 새로운 길을 내보라는 뜻일지도 모른다. 누군가를 향하는 마음이 진심인지 아닌지 헷갈린다면, 새로운 곳에서 새로운 일을 하는 게 좋을지 말지 흔들린다면, 마음이 이미 어딘가에 낸 샛길이 있기 때문일 수 있다. 마음 가는 대로 하라는 말은 마음의 샛길이 그냥 생겨나지는 않는다는 걸 알아채라는 말이겠다.

손잡이를 꼭 잡으세요

일상은 우리에게 탈출 대상이면서 동시에 지킴의 대상이다. 우리는 일상에서 벗어나길 바라면서도, 막상 일상이 위협받으면 그 일상을 지키려 애쓴다. 일상은 보통 지루한 반복 이미지와 연결되곤 하지만, 한번 크게 흔들리는 경험을 하고 나면 무사히 반복되는 일상의 소중함을 절실히 깨닫게 된다.

쳇바퀴 도는 일상이라지만, 매일 같이 돌리던 쳇바퀴가 사라지면 다람쥐는 무엇을 할까. 새로운 일이 매일 벌어지는 세상이라면 과연 아침마다 설레고 흥미진진할까. 생각해 보면 세상을 지탱하는 많은 원리가 지루한 반복이다. 식물은 꽃이 피고 지며 잎과 열매를 맺고 떨어뜨리고, 동물은 자라고 먹고 자고 사랑하는 일을 반복하며 살아간다. 심장은 항상 같은 리듬으로 뛰고, 지구는 까마득한 세월 똑같은 궤도와 속도로 움직여 왔다. 규칙적인 반복은 우리를 편안하게 한다.

일상의 범위를 넓힐수록 편안함의 범위도 같이 넓어진다. 소규모 연주에서는 작은 실수라도 바로 드러나지만, 대규모 오케스트라 연주라면 크게 표 안 나게 넘어갈 수 있다. 커다란 배는 작은 배에 비해 풍랑의 위협에 잘 대처하며, 큰 나무는 긴 가뭄을 견디고, 소행성이 충돌한다 해도 은하계 전체에는 별일이 아니다. 나는 가끔 어떤 좋지 않은 일이 있을 때, 이 일이 5년이나 10년 후에라도 문제가 될 일인가 생각한다. 그렇게 시간의 범위를 넓혀 잊어버리거나 별문제가 되지 않을 일이라면 그냥 넘기려 노력한다.

그래도 가끔은 급커브나 급정거나 갑작스러운 차선 변경 같은 것에 내가 타고 있는 삶이 덜컹거리는 일이 생긴다. 준비가 되어있지 않을 때, 그 일은 일상에서 벗어나는 일, '비상'이라고 부른다. 손잡이가 필요한 순간이다. 손잡이는 잡고만 있다면 삶이 오르막 내리막, 급커브를 반복하거나 힘이 빠진 순간에도 버틸 수 있도록 돕는다.

흔들리는 일상이 버스를 타고 가는 여행처럼 느껴지면 좋겠다. 손잡이에 채 닿지 못했던 시절에는 부모님의 손을 잡았고, 커가면서 친구와 책, 영화, 노래 등 많은 손잡이가 있었다.

한 손으로 손잡이를 잡고 다른 손으로는 손잡이가 되어주기도 했다. 그래서 이런 중요한 메시지는 버스나 지하철이나 우리 눈에 보이는 여기저기에 많이 붙어있고 가끔 안내방송으로도 흘러나온다.

"손잡이를 꼭 잡으세요."

저마다의 자유여행

회사 동료에게 '등대 스탬프 투어' 얘기를 들었다. 국내에 있는 등대를 방문하여 스탬프를 받는 개수에 따라 메달을 준다고 했다. 아이들과 갈 거라며 직접 짠 여행 계획표를 보여주었는데, 10분 단위로 식당이며 숙박지 이동 계획이 9일간의 일정표에 촘촘히 들어차 있었다.

사실 나도 그랬다. 아이들 어릴 때 여행을 가려면 계획을 미리 세세하게 세우곤 했다. 맛집이며 갈만한 곳들을 하나둘 찾아 넣다가 시간이 모자라면 기상 시간을 당겨 맞추었다. 평소보다 늦게 자기 십상인 여행이라서 일찍 일어나기 힘든데도 단잠 자는 아이들을 부지런히 깨워 데리고 다녔다. 느지막이 일어나는 여행의 여유로움 따위는 사치로 여겼다.

그렇게 미션 수행하듯이 조금은 비장한 마음으로 여행을

다녔다. 패키지여행이 아니었지만, 아이들은 출발할 때면 나에게 프린트된 일정표를 달라고 손을 내밀었다. 나는 자유여행이라고 생각했지만, 아이들에게는 그냥 아빠표 패키지여행이었던 셈이다.

여행 방법은 사람마다 다르다. 책이나 여행 관련 카페, 블로그 등을 꼼꼼히 검색하고 많은 이들이 좋다는 곳들로 계획을 다 짜고 가서 '역시 좋구나!' 하면서 즐기는 사람이 있고, 별 계획이나 예약 없이 훌쩍 떠나 그냥 발길 닿는 대로 다니는 이들도 있다.

삶이라는 여행은 계획 세울 틈도 없이 시작한다. 그 여행은 낯선 것들로 채워진 자유여행의 연속이겠다. 어차피 여행지를 미리 알 수 없는 삶이니까 뒤늦게 계획을 세우더라도, 조금의 익숙함 외에는 자유로움을 많이 담을 수 있다면 좋겠다.

세상에는 자칭 멘토나 가이드가 참 많다. 기본적으로 자유여행인 삶에서 자꾸 자기 경험과 패키지를 권한다. 이들 따라 남들 좋다는 곳으로 가야겠다며 계획에 꾸역꾸역 나를 넣다 보면 여행이 참 부산스럽고, 가는 곳마다 인파로 넘친다. 오히려 길을 헤매다가 우연히 발견하는 현지 정취 가득한 곳이 나중에 훨씬 기억에 남는 것인데 말이다.

여행에서 돌아와 얘기하다 보면 먼저 다녀온 이들이 가끔 그런다. "야, 거기 갔으면 그거는 먹고 왔어야지. 거기는 다녀왔어야지. 그거는 해봤어야지." 아니다. 그거 안 먹고 거기 안 다녀오고 그거 안 해봤어도 즐거웠다, 그러면 되었다. 언젠가 죽은 뒤에 그곳에 먼저 온 이가 나에게 그럴지도 모른다. "야, 사람으로 살다가 왔으면 그런 거는 해봤어야지. 거기도 가봤어야지"라고 말이다. 괜찮다. 그렇게 안 했어도 충분히 즐거웠다. 그러면 되었다.

웃기는 이들의 눈물

우연히 TV를 켜보니 개그콘서트를 방영하고 있었다. 화면 한쪽 구석 자막을 보니 마침 그날이 마지막 회라고 했다. 채널을 돌릴 수가 없었다. 시작한 지 21년, 개콘의 전성기를 함께 했던 개그맨들이 모여 정성스럽게 마지막 회를 꾸미고 있었다.

생각해 보니 한참 동안 보지 않았다. 즐겨 찾던 맛집을 오랜만에 찾아간 느낌이랄까. 예전의 분주함은 사라지고 썰렁하게 변한 식당 같은. 갈갈이 박준형이 "앞으로는 하고 싶어도 못 한다"며 감정이 북받쳐 무를 들고 앞니로 북북 갈았다. 그날만은 연기자이자 관객인 개그맨들이 오래된 인기 코너들을 재연하고 구경하며 눈물을 훔쳤다.

개콘 시청률이 30%를 넘나들던 시절, '달인' 김병만이 달인도 아니면서 능숙한 척하는 모습이나, '용감한 녀석들'이 평소에 감히 못 했던 말들을 주저주저 외친 후 서로 "용감했어" 하며 추켜세우는 장면에 같이 웃었다. '봉숭아학당'을 끝으로 엔딩 시그널 'Part-time lover'가 흐르면 이제 주말이 끝났음을 실감하며 아쉬워하곤 했다.

시간이 지나 사람들 정서도 바뀌었다. 개콘이 시청률 2% 대로 떨어지는 동안, 그 자리를 관찰 예능과 경연 예능, 리얼 버라이어티가 채웠다. 연예인들이 여행 가고 음식 만들어 먹고 아이 키우는 모습을 지켜보거나, 무한 경쟁 오디션, 대본이 없는 듯 여럿이 모여 노는 예능이 인기를 얻었다. 무대 위에 올라와 오로지 관객을 웃겨보겠다는 순진한 과장과 풍자는 점점 먹히지 않았고, 사람을 웃긴다는 개그맨이라는 직업 자체가 사라지고 있었다.

사람을 웃게 만드는 직업이라니. 세상에 그보다 어렵고 보람 있는 일이 있을까? "어디 한번 나를 웃게 해봐"라는 과제는 전래동화 속에나 등장하는 힘든 미션이다. 전문가가 쓴 곡을 반복하여 부를 수 있는 가수와 달리, 시간에 쫓기며 직접 아이디어를 짜내고 한번 써먹은 개그를 반복하면 안 되는 숙명을 가진 개그맨이라는 직업. 그런 기쁨과 슬픔을 오래 겪어온 이들이 눈물 흘리는 모습을 지켜보자니 마음이 찡했다. 웃음을 통해 사람들의 기분을 푸르게 띄우는 일. 개그맨들은 기꺼이 웃기는 사람이 되는 방법을 매일 같이 고민하고 있었다.

삶은 어쩌면 한 편의 개콘이다. 아기 때는 '까꿍'이나 '엄마 없~다' 같은 코너에서 엄마의 개그에 까르르 웃는 관객이었고, 커서는 어설픈 달인이나 용감한 녀석들 코너에 출연하듯 세상을 살아왔다. 그동안 수많은 관객이 머물다 떠났지만, 그중에 가장 웃음 많던 관객이 지금 나의 곁에 있다. 그래서 방송이 막을 내리더라도, 나의 개콘은 아직 진행 중이다. 관객 한 명에게라도 꾸준히 웃음을 주며 살 수 있다면 나는 성공한 개그 인생을 살고 있는 것이 아닐까 생각했다.

흔하지 않은 흔한 것들

장마전선이 잠시 자리를 뜬 사이 푸른 하늘이 반짝 열렸다. 주말 아침이어서 집 근처 낮은 산에 올랐다. 하늘과 나무와 풀, 그리고 바람과 그늘을 따라 걷는 길이 좋았다. 후덥지근한 날씨에 땀은 꽤 흘렸지만, 사방이 탁 트인 풍경과 시원한 바람이 정상에서 기다리고 있었다.

문득 생각했다. 세상 흔한 것들이 나를 돌보고 있다. 항상 곁에 있어 존재를 잘 느끼지 못하는 것들. 이를테면 나무와 풀과 바람, 흙과 물과 공기, 바위 같은 것. 흔한 것이 흔한 이유는 오히려 꼭 필요해서 흔해지지 않으면 큰일이니까 흔하게 된 것이 아닐까. 그래서 우리는 자주 잊고 산다. 우리가 무시하는 흔한 것들 덕에 무사히 살 수 있다는 사실을.

흔함과 귀함은 서로 반대말이 아니며, 귀하다는 말은 희소함을 헤아리는 표현이 아니다. 흔하면서 동시에 귀한 것 덕분에 살고 있으면서도, 우리는 흔하지 않은 것만 귀한 것이라 여긴다. 그런데 흔하지 않다는 건 대부분 그게 없어도 사는 데 큰 지장이 없다는 뜻이다. 당연하게 여기고 항상 닿을 수 있다고 생각하지만, 어느 순간 사라지는 것들. 지는 꽃과 시드는 풀처럼, 떠나고 스러지고 나면 그때서야 흔했고 또 찬란했던 것임을 깨닫고 그리워한다.

기대가 이루어지는 일보다는 그러지 못한 경우가 흔하고, 마음이 기뻐 떠오르는 일보다 무거워 가라앉는 일이 흔하다. 살다 보면 기억보다 잊힘이, 만남이 이어지는 것보다 이별이 더 흔했음을 알게 된다. 그처럼 흔한 일이나 감정 역시 흔해지지 않으면 안 되는 소중한 것이라 그런 게 아닐까? 슬프거나 짜증을 느끼는 것도 결국 우리가 삶에 단단히 발붙이고 걸어가도록 돕는 어여쁜 감정이다.

산에 오르며 흘리는 흔한 땀을 흔하게 부는 바람이 식혀주는 것처럼, 흔한 것은 서로를 돕는다. 흙은 나무를 돕고, 나무는 새와 벌레를 돕는다. 흔한 감정도 그와 마찬가지로 이별은 슬픔이 돕고, 슬픔은 망각이 돕는다. 그동안 흔한 것들이 마음에 들이닥칠 때면 그것에 관해 글로 옮겼다. 글을 쓰는 일은 어찌 보면 그 대상을 쓰다듬는 일 같다. 내가 흔한 존재로 살아있는 동안, 일상의 귀하고 흔한 것들을 살피고 돕고 쓰다듬어 의미를 만들고 싶다.

여유야 여유야 뭐하니?

동네 버스 정류장에 안내 전광판이 있다. 버스가 도착할 시간이 되면 버스 번호가 뜨면서 승객이 얼마나 타고 있는지 세 단계로 알려준다. '여유-보통-혼잡'. 이른 아침 시간에 대부분 버스는 '여유'로 표시되지만, 버스를 타고 있는 마음 상태는 여유롭지 않다. 반면 퇴근길에는 '혼잡'으로 뜨더라도 사람들의 마음은 한결 여유롭다. 마음의 여유는 공간의 여유와 비례하지 않는다.

여유롭다는 말은 무엇인가 남아서 넉넉한 상태를 말한다. 남는 것이 시간, 공간, 또는 물질인지에 따라 여유의 의미는 각기 다르다. 각각의 '여유'들은 의미에 따라 바쁨, 혼잡, 궁핍 같은 단어들을 반대말로 두고 있다. 그런 상황에서 벗어나고 싶은 마음에 다들 그렇게 여유를 찾는다.

왜 여유에는 '찾는다'는 말을 붙일까? 술래가 "여기 있네!" 하고 찾아내면 머쓱하게 튀어나오는 숨바꼭질처럼, 여유는 여기저기 들추어 찾아내는 능동적 감정이라서 그런 걸까? 시간이 아무리 많거나 넓은 공간에 혼자 있어도 여유는 그냥 생기지 않는다. 백조의 여유로운 모습을 물아래 수많은 발길질이 만들어내듯, 여유는 거만하게 '부리는' 것이 아니라 열심히 '찾는' 것이다.

광고에서 '커피 한 잔의 여유'라는 카피를 본다. 상황은 대개 둘 중의 하나다. 고상하거나 아니면 고단하거나. 아침 햇살 가득한 창가에서 예쁜 잔에 커피를 즐기거나, 상사에게 방금 깨진 동료와 캔커피를 들이켠다. 하루를 계획하거나 동료에게 마음을 쓰다 보니 여유가 찾아왔다. 나중에 타는 이를 위해 버스 안쪽으로 한발 걸음을 옮기면 없었던 공간이 생기듯, 어디론가 마음을 기울이면 숨어있던 여유가 튀어나온다.

스포츠 중계에서 '여유 있게'라는 말을 듣는다. 축구에서 골키퍼를 제치고 여유 있게 골을 넣거나, 야구에서 잘 맞은 타구를 여유 있게 잡는 모습에서 그렇다. 그렇게 여유는 위치를 빠르게 파악하여 열심히 달린 공격수나 타구의 방향을 읽어 적절한 곳에 위치를 잡은 수비수가 찾아낸 결과물이다. 자전거를 타고 여유 있게 달리려면 페달을 열심히 밟아놓아야 하고, 여유 있게 결승점에 들어오는 마라톤 선수는 말할 것도 없겠다.

어린 시절, 우리는 "여우야 여우야 뭐하니?" 노래하며 굳이 잠자고 있는 여우를 깨워 세수시키고, 개구리 반찬에 밥을 먹이면서도 "죽었니? 살았니?" 하며 생사를 확인했다. 여우뿐 아니라 여유도 곳곳에 잠자듯 숨어있다. 그래서 우리는 가끔 이름을 불러가며 잘 있는지 불러서 찾아봐야 한다. "여유야 여유야 뭐하니?" 하면서.

좋은 날씨의 조건

"날씨가 참 좋다!"

구름 없는 하늘, 내리쬐는 햇살과 산들거리는 바람이 참 좋았다. 아직 햇볕이 따갑지 않아 어딜 다녀도 좋은 늦봄 날씨였다. 봄 가뭄이 심하다는 뉴스를 보고 나서야 비 내린 지가 참 오래됐다는 사실을 새삼 깨달았다. 맑은 날씨가 지속되어 농작물이 마를 지경이 되면, 농부에게나 우리에게 결코 좋은 날씨일 수 없다. 맑은 날씨라고 해서 꼭 좋은 날씨인 것은 아니다.

하늘에 구름이 없으면 맑다고 하고, 짙은 구름이 하늘을 덮으면 흐리다고 한다. 무엇이든 좀 더 맑은 것이 생존에 유리하다는 본능 때문에 그런지, 사람들은 대개 흐린 날보다 맑은 날을 더 좋아한다. 그래서 구름은 뭉게뭉게 하얗게 떠 있는 정도가 아니고서는, 먹구름이 몰려온다고 하는 비유적인 표현처럼, 별로 좋은 이미지로 쓰이지 않는다. 하지만 구름은 비를 품은 먹구름일수록 우리에게 없어서는 안 될 존재라는 걸 우리도 알고 있다.

"네가 참 좋다!"

너를 좋아하는 이유가 있다. 밝아서 좋고, 착해서 좋고, 나한테 잘해줘서 좋다. 어쩌면 내가 좋아하는 네 모습이 맑은 날씨를 좋아하는 이유와 같을 수도 있다는 생각이 들었다. 그날그날 변하는 것이 날씨라면, 날씨 변화가 오래 반복되면 그 특징은 기후라고 부른다. 그래서 누군가가 좋아질 때는 그의 맑은 날씨를 좋아하는 건지, 장맛비가 내리고 겨울이 길며 가끔 폭풍우 치는 그의 기후도 같이 받아들이는 건지 생각해야 한다. 기후가 다른 너와 내가 만나는데 세상이 멀쩡할 리가 없다. 균형을 찾을 때까지 천둥, 번개, 태풍, 장마 같은 별의별 자연현상이 그 사이에서 벌어질 것이다. 그러다가 어느 정도 서로의 기후에 익숙해지면서 같이 살아가게 된다.

글을 쓰는 동안 다녀온 1박 2일 여행에서, 내내 드문드문 비가 내렸다. 여행하기 적당한 날씨는 아니었다. 우산을 들고 다녀야 해서 걷기 불편했고 바짓가랑이에 물이 튀어 올랐다. 하지만 촉촉한 봄비가 내리는 골목길은 한적하고 맑았고, 저녁 안개에 둘러싸인 비 내리는 사찰은 신비한 분위기를 자아냈다. 참 좋은 날씨였다.

오랜만에 하는 일

자전거를 타고 올해 처음으로 한강에 나왔다. 봄부터 날이 좀 풀리면 나와야지 하다가 이렇게 더워진 후에야 라이딩을 시작했다. 오랜만에 만나는 물결과 강 너머 건물, 흰 구름 모두 햇빛에 빛나고 있었다. 자전거길을 따라 달리다 보니 그동안 도로를 새로 정비한 곳도 있었고, 강변 카페도 새 단장을 해놓고 있었다.

오랜만에 자전거를 타고 나오니 예전에 달렸던 속도감이 잘 느껴지지 않았다. 그냥 다른 이들이 자꾸 추월해 가면 페달을 조금 더 빨리 밟아 따라갔다. 처음에는 내가 전에 이렇게 빨리 달렸나 싶어 힘이 들다가 점차 익숙해지면서 제 페이스를 찾아갔다. 작년보다 몸이 무거워진 것 같은 느낌은 뻑뻑해진 자전거 탓으로 돌리기로 했다.

오랜만에 하는 일에서 느끼는 기분은 과거와 현재의 나를 부드럽게 연결해 준다. 내가 오늘의 나를 유지하는 이유는 과거에 움직이고 생각하며 표현하고 반응해 온 모습이 기억으로 이어지기 때문이다. 오랜만에 하는 일은 잊었던 기억을 채워 일상을 돈독하게 만들어 준다. 새로운 일을 시도하며 삶을 넓히는 것도 좋지만, 한참 안 하던 일을 하면서 빈 곳을 채우는 느낌도 좋다. 몸이 그동안 얼마나 변했는지, 생각은 얼마나 달라졌는지, 그에 대한 감정은 좋아졌는지 나빠졌는지, 오랜만에 하는 일은 과거에 비추어 나를 돌아보게 만드는 힘이 있다.

철없던 시절 열정만으로 몰두했던 일과 사람에 대한 기억은 마음 어딘가에 오롯이 남아있다. 오랜만에 그 시절 노래를 들으면 그런 기억들이 불쑥 올라온다. 오래된 영화를 다시 보거나 예전에 자주 갔던 장소를 찾을 때, 한참 안 하던 취미를 다시 시작할 때면 내 안에 남아있는 그 시절의 나를 발견한다.

자전거를 타고 달리는 동안 많은 이들이 나를 추월해 지나쳐 갔고, 몇 명은 내가 추월해 지나가기도 했다. 각자 달리는 리듬은 서로 다르기에 빠른 속도를 즐기는 이도, 천천히 풍경을 바라보며 달리는 이도 있었다. 박이 모여 박자가 되고 박자가 반복되어 리듬이 된다. 오랜만에 내딛는 페달이 만드는 박자는 단순했고, 달리는 길과 풍경이 만드는 리듬은 풍부했다. 삶에서도 단출한 박자의 꾸준한 반복이 풍부하고 흥겨운 리듬으로 이어지기를. 오랜만에 하는 일이 다시 채워 만드는 삶의 리듬이 점점 다양해지기를.

야매 선생

아내가 운전을 배우겠다고 했다. 사실 배운다는 말이 딱 어울리지는 않았다. 아내는 운전 관련해서는 이미 배운 여자다. 면허증은 물론 있고 한때는 종종 운전도 했지만(단, 3가지 조건이 있었다. 맑은, 대낮, 넓은 길), 언제부터인지 면허증은 그냥 신분증이 되었다. 그래서 가족 운전은 내가 거의 도맡아왔는데, 아이가 커가면서 학원까지 운전 범위가 넓어졌다. 안 되겠다 싶었던지 아내는 운전연수를 받기 위해 정보를 검색하기 시작했다.

아내가 가입한 맘 카페 게시판에는 맞춤 연수가 되는 운전 선생님 정보가 많이 올라와 있다고 했다. 아내의 말에 의하면, 장롱 속 어둠에 갇혀있던 면허증의 길눈을 확 밝혀주는 신통한 분들이신데, 그중 일타강사로 소문난 분은 두세 달 기다려야 레슨이 가능하단다. 그분들은 공식 운전학원 소속 없이 활동하는 프리랜서라서 옛날 용어로 하면 야매 선생이랄까? ('야매'는 '뒷거래'라는 뜻의 일본말 '야미'에서 유래한 말인데, 자격이 없더라도 잘해야 야매 소리라도 듣는다.) 이십여 년 전 내가 운전을 처음 배우던 시절이 생각났다.

뚜벅이 연애를 거쳐 결혼한 직후 소형 중고차를 장만하고, 모셔놓았던 면허증을 장롱에서 꺼냈다. 무려 1종 보통의 반짝반짝한 면허증. 학원에서 알려준 주행 공식만 익혀 딴 면허라서 실생활에 도움이 안 되기는 학교에서 배운 근의 공식과 마찬가지였다. 운전을 위해 지인에게서 연수 선생을 소개받았다. SNS가 없어 알음알음 소개로 이뤄지던 시절, 야매 선생과의 첫 만남이었다.

"운전 교습하는 노란 차 있죠? 그거는요. 사대문 안에 못 들어오게 되어있어요. 그리고요. 운전학원 소속 강사는 뜨내기라 열심히 가르칠 유인이 없고요. 저는요. 소개로 영업하는 사람이라 한 분 한 분 정말 열심히 할 수밖에 없어요. 받아보시면 다들 다른 분도 소개해 주곤 하세요."

자기 차를 몰고 회사 앞으로 온 그가 첫 수업을 시작했다. 액셀과 브레이크 밟는 연습을 몇 번 반복한 후에 바로 출발,

을지로의 회사에서 일산에 있는 집까지의 1시간 정도 퇴근길이 연수 시간이었다. 마음은 후덜덜 심장은 콩닥거렸지만, 어찌어찌 집 근처에 도착하면 차를 대놓고 그날의 반성과 운전 이론으로 하루 수업을 마무리했다.

주말에는 집 앞으로 찾아와 내 차를 몰고 같이 서울로 나갔다.

"자, 오늘은 심화 코스로 가시지요."

내비게이션도 없던 시절 그의 말에 따라서 간 곳은 이름만 듣던 북악 스카이웨이. 북악산을 둘러있는 구불구불한 길을 조심조심 내려가는데, 그렇게 쫄면 안 된다고 속도를 더 내시라고 액셀 밟으시라고. 그곳뿐 아니다. 이대 앞 상점들 사이 붐비는 사잇길로 사람들을 홍해같이 가르며 지나야 했고, 대학로 마로니에 공원 뒤편 달동네의 좁은 길까지도 올라갔다. 한번은 물어보았다.

"보조 브레이크나 그런 장치… 있으시죠?"

"그럼요. 걱정하지 말고 운전하세요. 다 있습니다."

하지만 그때 나의 눈에는 조수석에 앉은 그의 왼손이 사이드 브레이크를 꼭 쥐고 있는 모습이 보였다.

그때 야매 선생에게 힘들게 운전을 익혀서인가, 그 이후로 지금까지 오랜 시간을 별 탈 없이 차를 잘 몰고 다닌다. 이번에 아내는 운전 연수를 시작하면서 차 뒷유리에 초보운전 스티커를 붙였다. 생각해 보면 한 번 사는 인생도 다 초보고 야매다. 어디 아들 자격증, 남편이나 부모 자격증이 있던가. 좀 서툴러도 그런가보다 챙겨주고 고치고 아는 척하며 살아가는 것이겠지. 오늘따라 내리막길이라도 주눅 들거나 쫄지 말고 액셀 밟아가며 달려라 했던 옛 야매 선생의 응원이 떠오른다.

얼음과 펭귄

석빙고는 얼음을 보관하기 위해 돌로 만든 얼음 창고다. 신라 시대부터 한겨울 강물이 두껍게 얼면 강촌 주민들은 얼음을 톱으로 잘라 석빙고로 옮겨 볏짚을 깔고 차곡차곡 쌓아 보관했다. 석빙고는 반지하 구조에 안쪽은 돌로 두르고 바깥은 흙으로 덮어 열전달을 막는다. 바닥 경사로 녹은 물이 흐르도록, 천정의 환기구로는 더운 공기를 내보내도록 과학적으로 만들어졌다.

석빙고를 이야기할 때 흔히 조상의 지혜를 말하지만, 얼음이 녹지 않고 계절을 극복할 수 있었던 힘은 얼음 그 자체에 있다. 차곡차곡 쌓인 얼음들 스스로 만들어 낸 냉기로 주위 온도를 낮추어 녹지 않고 보관될 수 있었다. 얼음 한두 덩이로는 불가능했다. 많은 얼음이 모여 냉기를 뿜어서 해낸 일이다. 석빙고는 다만 그 냉기가 새지 않게 돕는 역할을 했을 뿐이다.

남극의 겨울에 매서운 눈 폭풍이 몰아치면 펭귄은 여럿이 모여 커다란 원을 만든다. 서로의 몸을 밀착시킨 수천 마리 펭귄들이 천천히 움직이며, 바깥에서 찬바람을 직접 맞던 펭귄은 무리 안쪽으로 들어오고 안에서 추위를 피했던 펭귄이 다시 바깥으로 나간다. 이렇게 어떤 펭귄도 얼어 죽지 않게 서로의 체온으로 겨울바람을 이겨낸다. 이런 방법을 '허들링'이라고 부르는데, 한겨울 세찬 폭풍 속에서 온기를 지키는 원천은 결국 펭귄 각자의 체온이다. 수많은 펭귄이 체온을 나누고 눈보라를 막아서며 혹독한 남극의 겨울을 견뎌낸다.

척박함을 극복하는 힘은 어디서 올까? 얼음이 계절을 극복하고 펭귄이 추위를 견디는 힘의 원천은 얼음이 가진 차가운 기운, 그리고 펭귄의 따뜻한 체온이다. 그 작은 기운들이 모여 큰 힘을 만들어 낸다. 얼음이 차곡차곡 쌓이고 펭귄이 커다란 무리가 되었을 때 척박함을 극복하는 강한 연대가 완성된다.

수월하지 않은 상황은 언제든 나타난다. 그럴 때 중요한 것은 대처하기 위한 힘을 바깥에서 찾는 것이 아니라, 불씨는 항상 내부에 있음을 깨닫는 것이다. 그 불씨가 불꽃이 되도록 모으는 것이다. 힘은 항상 내면에서 출발하며 모여서 완성된다는 사실을 얼음과 펭귄에게서 배운다.

누구나 처음엔 서툴다

요즘엔 서툰 사람들 만나는 일이 많지 않다. 업무로 접하는 이들 대부분은 이미 프로 직장인들인지라 행동이 대개 빈틈없으며 여유롭다. 식당이나 카페 같은 곳에 가야 일을 시작한 지 얼마 안 된 종업원이나 알바생의 서툰 모습을 보게 되는데, 나름 정겹기도 해서 불편하더라도 그냥 넘긴다. 잘하려다가 그런 거지, 서툰 게으름 같은 것은 없으니까.

익숙하지 않은 일은 서툴기 마련이다. 서툴다는 것은 무엇인가 새로운 일에 도전하고 있다는 뜻이라서 서투름은 첫걸음과 통하는 말이다. 그래서 서툴더라도 부드럽게 봐주는 게 좋다. 마치 걸음마 배우는 아이를 대견스럽게 지켜보는 부모의 시선처럼.

일본 영화 〈일일시호일(日日是好日)〉에서 다도를 처음 배우는 주인공 노리코는 처음에는 실수투성이다. 순서를 까먹고 차를 흘리거나 발이 저려 쓰러지기도 한다. 선생님은 혼내기보다는 가만히 지켜본다. 노리코는 시간이 지나고 점점 동작이 몸에 붙으면서 더운물과 찬물이 내는 뭉근하고 청량한 소리를 구별하며 다도가 전하는 삶의 자세를 차분하고 아름답게 익혀간다.

한때 헬리콥터 부모라는 말이 유행했다. 아이 주변을 헬리콥터처럼 맴돌면서 돌보는 부모를 일컫는 말이다. 요즘엔 그들이 공중에서 지상으로 내려왔다. 미국에서 잔디깎이 부모 또는 컬링 부모라는 말이 생겼다고 한다. 잔디깎이로 아이 앞에 미리 말끔하게 길을 닦아놓거나, 컬링 경기처럼 얼음을 격렬히 문질러 매끄럽게 하는 부모의 모습이 떠오른다. 잡초로 덮인 길이나 고르지 못한 얼음 위에서 아이들 스스로 길을 내며 가는 서툰 성장 과정을 넉넉히 지켜보지 못하는 현실은 미국이나 우리나 마찬가지인가 보다.

우리는 세상에 나올 때 혼자 알아서 세상 밖으로 나오지 못했다. 누군가 머리를 잡아당겨 내거나 수술을 통해 울면서 나왔다. 무엇인가 손으로 들고 먹고, 혼자 힘으로 걸을 때까지 주변의 많은 도움을 받으면서 자랐다. 우리가 그런 것들을 배우고 익숙해진 것은 그렇게 서툴게 부딪히고 넘어지는 과정을 통해서였다.

풀을 깎아 길을 내어도 시간이 지나면 다시 자라고, 열심히 얼음을 빗질해서 스톤을 센터에 갖다 놓아도 곧 다른 스톤에 밀려 밖으로 튕겨 나가곤 하는 것이 세상일이다. 혼자 잘해보겠다는 것, 나름 어떤 역할을 해보겠다는 것은 타고난 본능과 같아서, 서투름을 극복하는 법을 스스로 깨닫도록 내버려 두는 것이 좋겠다. 내가 서투르게 느껴진다면 뭔가 시도하고 있다는 것이고, 주변에 서툰 사람들이 많다는 것은 세상이 새롭게 발전하고 있다는 뜻이다. 그러므로 세상의 모든 서툰 이들은 격려받아 마땅하다.

Part 2 사랑, 활활 말고 은근하게

손톱을 깎으며

손톱깎이는 인류가 발명해 낸 것 중에서도 몇 손가락 안에 드는 대단한 물건이라고 생각한다. 지렛대 원리를 적절히 이용하여 살짝 눌러도 단단한 손톱을 끊어내는 유용한 작은 기구. 없으면 얼마나 불편했을까? 작아도 날의 힘은 아주 강해서 잘린 손톱을 경쾌한 소리와 함께 저 멀리 날려 보내기도 한다.

손톱은 자른다는 말보다 깎는다는 말이 어울린다. 자른다는 말에서 느껴지는 단절의 이미지에 비해 깎는다는 말에는 정리의 의미가 담겨있다. 손톱이나 머리카락, 잔디처럼 계속 자라는 대상을 다듬어 가지런히 정리하는 일. 그래서 머리를 깎는다는 말 대신 자른다고 하면 조금 무섭게 들리기도 한다.

우리 몸에는 나이와 상관없이 계속 자라는 것이 세 가지 있다. 손톱, 발톱, 그리고 머리카락 같은 털. 매번 적절히 깎아줘야 하는 것들이라서 그때마다 시간의 흐름을 느끼게 된다. 거울을 보거나 키보드를 누르다가 또는 양말을 신다가 문득 벌써 깎아야 할 시간이 되었네, 한다. 남성 듀오 '어떤 날'의 노래 〈출발〉에 이런 내용이 나온다. 하루하루 엇비슷하게 살아가다가 은근히 자라난 손톱을 보니 뭔가 달라져 가고 있음을 느끼게 된다고. 자라는 손톱을 보며 나만 그렇게 느끼는 건 아닌 듯싶다.

깎는다는 것은 준비하거나 다듬는 과정이다. 글씨를 쓰려고 연필을 뾰족하게 깎고, 조각가는 단단한 돌이나 나무를 조금씩 깎아 작품을 만들며, 과일을 먹기 위해 껍질을 깎는다. 삶은 결국 무엇인가 깎고 다듬는 일을 계속하면서 자신도 세월에 깎여 다듬어지는 과정이 아닐까?

사랑하는 일도 가만히 보면 서로를 깎아가는 일이다. 처음에는 상대에 대해 서로 뭉툭하게만 알다가도 점점 마음이 깎여가며 모양을 갖추어간다. 서투른 나머지 아픈 곳을 많이 건드렸던, 급히 깎다가 그냥 형체 없이 사라져 버린 사랑. 한때 뾰족했으나 시간이 흘러가며 다시 닳고 뭉툭해진 사랑도 있겠다. 손톱 깎을 때 뭉툭해진 사랑도 같이 살펴보고 다듬어야지 마음먹었다.

마침 옆을 지나가는 아내에게 물었다.

"나이가 들어도 계속 자라는 네 가지가 있는데 그게 뭐게?"

아내가 나를 흘끔 보더니 대답한다.

"손톱, 발톱… 그리고 털 같은데? 나머지 하나는 뭐지? 뱃살?"

"음… 뱃살이야 꼭 자라야 하는 건 아니잖아."

"모르겠어. 뭐야?"

잠시 뜸을 들인 후 나는 아내를 그윽하게 올려다보며 대답했다.

"그것은… 너를 향한 나의 사랑이랄까."

아내가 순간 어이없다는 표정을 짓는다. 아야, 손톱을 너무 바싹 깎아버렸다.

사랑 운전을 잘하는 다섯 가지 팁

운전을 잘하는 건 목적지에 빠르게 도착하는 것과는 달라요. 차 안의 사람들 모두 편안하고 안전하게 가는 게 더 중요하지요. 운전을 잘하는 팁을 다섯 가지로 정리했습니다. 운전과 삶은 어딘가를 향한다는 점에서 서로 닮아있거든요.

첫째, 가까운 신호를 챙기세요!

운전할 때는 신호를 잘 지켜봐야 해요. 신호를 놓치면 엉뚱한 길로 가거나 사고의 위험이 커지니까요. 그런데 가끔 멀리 있는 푸른 신호를 보고 속도를 내다가 바로 앞 횡단보도나 작은 교차로의 신호를 놓치는 경우가 생겨요. 그러다가 큰일 납니다. 가까운 신호를 먼저 챙기세요. 미래를 바라보고 달리는 것도 좋지만 현재에 소홀하지 마세요. 가까운 곳에서 보내는 신호를 못 보고 지나치지 말고, 가족이나 친구, 연인과 지금 아니면 못 하는 일들을 챙겨보세요. 그냥 지나치면 나중에 백미러로 발견하게 될 거예요. '그때가 참 좋은 시절이었구나' 하며 후회해도 소용없답니다.

둘째, 유턴할 때는 핸들을 최대한 꺾으세요!

길을 잘못 든 것 같은 생각이 들 때가 있어요. 그럴 때는 얼른 유턴해서 길을 다시 찾을 생각을 해보세요. 그러기로 마음먹었다면 핸들을 끝까지 감아 과감하게 돌아서세요. 어정쩡하게 돌다가는 도로 턱에 닿을까 봐 다시 후진해야 하는 일이 생기는데 그러면 위험해요. 혹시 이 일이 맞지 않나 혹시 저 사람과 인연이 아닌가 하는 생각이 든다면 일단 멈추세요. 그리고 판단이 서면 미련 없이 핸들을 돌려 꺾으세요. 단념은 용기의 다른 말입니다. 길을 되짚어가다 보면 그냥 지나쳐 온 더 나은 갈림길을 발견할 수 있을 거예요.

셋째, 과속방지턱은 조심하라고 있는 거예요!

과속방지턱이 보이면 일단 브레이크를 밟아 속도를 줄여야 해요. '이 정도 속도면 괜찮겠지' 하고 계속 달리다 보면 생각보다 크게 덜컹합니다. 동승자들도 졸다가 깜짝 놀라 깨어나죠. 과속방지턱은 속도를 줄이라는 뜻이에요. 주위를 살펴 조심하라는 신호입니다. 바쁘게 살다가 뭔가 좋지 않은 일이 생기면, 과속방지턱이라고 생각하세요. 많이 놀랐겠지만 그만하면 다행이다 여기고요. 속도를 줄이며 주변을 찬찬히 살펴보세요. 혹시 모를 큰 사고를 미리 막은 겁니다. 그렇다고 과속방지턱 지나갔다며 바로 액셀을 세게 밟으며 달리지는 마세요. 바로 앞에 그거, 또 있다고요.

넷째, 비상등은 아무리 깜빡여도 괜찮아요!

좌우측 등을 동시에 깜빡이는 게 비상등이에요. 물론 진짜 비상시에도 쓰지만, 그보다는 미안함이나 고마움을 표시하기 위해 쓰는 경우가 많아요. 의외로 자동차는 자기를 표현할 수단이 부족합니다. 경적은 화내며 소리 지르는 것 같고, 헤드라이트를 번쩍이면 저리 비키라고 하는 것 같아요. 실제 그게 아닌데도 그렇게 보여요. 그러니 대신 비상등을 많이 쓰세요. 힘든 일이 있으면 바로 비상등을 깜빡이세요. 감추지 마시고 주위에 신호를 보내세요. 사랑하는 이가 알아채도록 표현하세요. 미안함이나 고마움도 마찬가지고요. 비상등은 아끼지 말고 깜빡이라고 있는 겁니다.

다섯째, 옆자리 앉은 사람 말을 들으세요!

운전할 때 옆에 앉은 사람이 말을 꺼내요. 운전에 대한 지적일 수도 있고 평소에 하고 싶었던 말이거나 지금 떠오른 말일 수도 있어요. 듣기 싫어도 차 안이라 어디 피할 곳도 없지요. 듣고 있자니 때로 짜증도 납니다. 화가 나서 운전이 거칠어지기도 해요. 그럴 때는 그냥 귀 기울여 들어보세요. 서로 같은 방향을 보며 앉아 있잖아요. 길을 잘못 들면 알려주기도 하고요. 삶에서는 옆자리에 앉은 사람이 먼저 차에서 내릴 수도 있어요. 그러고 나면 그 빈자리가 무척 크게 느껴질 거예요. 운전석 옆자리는 조수석이 아니에요. 동반자석이에요.

첫눈 아니고, 첫비

첫눈은 있으나 첫비는 없다. 첫눈 오는 날이면 여기저기 연락을 하지만 비에게는 그런 날이 없다. 눈 내리는 크리스마스는 기대하는데 비 내리는 좋은 날은 딱히 떠오르지 않는다. 눈은 일부러 맞으면서 좋다고 할 때도 있지만 비는 갈 길 바쁜 이들이 마지못해 그냥 맞는 경우가 보통이다. 같은 하늘에서 내리더라도 비는 눈보다 달갑지 않은 대우를 받는다.

눈은 송이로, 비는 줄기로 헤아린다. 하늘을 휘저으며 서서히 내리는 눈송이는 수직으로 내리꽂히는 빗줄기보다 더 운치 있다. 비처럼 바로 스미지 않아 옷에서 툭툭 털어낼 수도 있고, 하얗게 쌓이면서 내린 티를 낸다. 게다가 시즌 한정판이라 더 애틋한 느낌도 따라온다. 살포시, 펑펑, 일상의 색을 한순간 바꾸는 눈은 사랑을 닮았다. 그중에도 연인 사이의 사랑을.

솜처럼 푹신해 보여도 넘어지면 아프다. 다질수록 단단해지지만 방심하면 한순간에 미끄러진다. 녹으면서는 흙모래와 엉겨 한참 흔적을 남긴다. 첫눈이나 첫사랑이 그렇듯 넋 놓고 있다가 녹아 사라지기도 하고, 가끔은 폭설의 후유증 같은 아픈 뒤끝을 남기기도 한다.

비는 눈보다 단순하다. 투두둑 떨어져 땅에 스미거나 고여 흘러간다. 시즌도 따로 없이 연중 내내 그냥 내린다. 눈과는 달리 주변을 덮기보다 그냥 씻어준다. 시즌 한정판 같은 눈과는 다르게 항상 우리를 돌보는 비도 역시 사랑을 닮았다. 그중에도 부모님의 사랑을.

나는 눈보다 비가 더 좋다. 비 내는 소리는 울적할 때 위로가 된다. 우리는 첫사랑이라 하면 첫눈 같이 다가온 사랑을 떠올리지만, 누구에게든 첫사랑은 아기 때부터 찾아온 첫비 같은 사랑이다. 가끔 소나기를 뿌리고 천둥 번개를 날리기도 하지만 투두둑 내리며 내 안에 스미던 사랑이다. 축축하고 후덥지근해서 가끔 도망 다니기도 했지만 나는 그래도 비 같은 사랑이 더 좋다.

겨울이 떠나간 자리에 완연한 봄날이 찾아왔다. 벚꽃잎이 눈 내리듯 날리더니 이제 봄비가 내린다. 영화 〈러브레터〉에서는 눈을 향해 안부를 외치는 장면이 나오던데, 첫비 같은 내 첫사랑은 어떻게 지내시는지 안부 한번 물어봐야겠다.

사랑이 시작되는 순간

소통 관련 강연 전문가 김창옥 씨의 강연 영상을 보았다. 무뚝뚝한 아버지와의 소통을 이야기했는데, 그동안 하지 않던 배웅을 하겠다고 공항에 나온 아버지에 대한 어색함, 그리고 그때 새롭게 보인 아버지의 뒷모습에 대해 말하며 그는 덧붙였다. 누군가의 뒷모습이 보이기 시작하면 사랑이 시작된 거라고. 아이들의 뒷모습이 보이면 엄마가 된 것이고, 학생들의 뒷모습이 보이면 선생님이 된 것이고, 남편과 아내의 뒷모습이 보이면 부부가 된 것이라고 했다.

그의 이야기가 마음에 와닿았다. 대부분 사랑은 뒷모습을 모른 채 시작한다. 서로 마주 보며 이야기하고, 나란히 길을 걷는다. 상대에게 자신의 모습 중에서 자신 있는 것, 밝고 좋은 것만 보여주려 하고, 뒷모습은 잘 보여주지 않으려 한다.

마치 달이 지구에게 그러는 것처럼.

마카오를 찾는 여행자들은 보통 세나도 광장 위쪽 성바울 성당 유적을 방문한다. 오래전 화재로 인해 언덕 위에는 웅장한 성당의 전면부만 남아있다. 유럽풍 조각으로 장식된 멋진 성당을 배경으로 여행자들은 계단에 서서 기념사진을 남기지만, 성당의 뒤편까지는 잘 들여다보지 않는다. 그러나 몇 걸음 더 들어가 보면 성당의 뒷모습은 투박한 벽돌과 전면을 지탱하는 철골로 오래전 화재의 상처를 고스란히 간직하고 있다.

사랑은 책갈피 꽂아놓은 그럴듯한 부분들을 펼쳐 보이며 시작된다. 우리가 보는 달은 항상 앞모습이지만, 달을 사랑한다면 뒤편으로 탐사선을 띄워 조심스레 살펴보아야 한다. 달의 앞모습만 보며 보름달이, 초승달이 예쁘다고 하는 일은 쉽지만, 그것만 가지고 사랑이라 할 수는 없다. 사랑하는 이를 품에 안을 때, 껴안음의 진정한 가치는 서로의 등을 어루만짐이다. 따뜻한 손으로 뒷모습을 보듬어 안을 때가 사랑이 크게 자라나는 순간이다.

뒷모습은 다가감보다 멀어짐, 빛보다 그늘, 같은 길보다는 다른 길을 이야기한다. 마주 보거나 나란히 걷는 것도 좋지만, 한 걸음 뒤에서 뒷모습을 바라볼 필요가 있다. 그의 뒷모습이 이해된다면, 껴안을 자신이 생긴다면 다가가서 꼭 안아주자. 그러면 그의 뒷모습은 나의 뒷모습과 겹친다. 어쩌면 그 순간이 김창옥 씨가 말한 '사랑의 시작'이 될지도 모르겠다.

꽃다발 같은 사랑

아내와 함께 코로나 양성자가 되어 일주일간 집에 갇혀 재택근무를 했던 적이 있다. 첫날에는 아이들은 다 음성이라서 아내와 둘이서만 한방에서 온종일 함께 지내야 하는 당황스러운 상황에 놓였는데(영화에서 보는 엘리베이터에 갇히는 느낌이랄까), 다행인 건지 이튿날 딸의 확진자 동참으로 활동 반경이 방 두 개로 넓어졌다. 어찌어찌 재택근무 일주일을 마친 후 아내가 나한테 그랬다.

"자기 일하는 거 옆에서 보니, 회사에서 나름 중요한 일 많이 하나보다 싶었어."

사실 아내는 내가 회사에서 무슨 말을 하고 어떻게 일하는지 한 번도 본 적이 없다. 주로 집에서 침대나 소파에 달라붙어 가끔 책이나 뒤적대는 모습만 보다가 실제 일하는 모습을 보니 좀 다르게 느껴졌을 수도 있겠다. 섬유 관련 업종이 우리나라 대표 산업이던 시절, 아버지는 방직회사에서 일하셨다. 내가 초등학생 때, 어머니가 공장 견학 행사로 아버지 회사에 다녀오셔서는, 공장에 소음도 많고 아버지가 고생하시더라는 말씀을 하셨다. 요즘에는 그렇게 직원 가족을 회사에 부를 리도 없지만, 만약 있다면 막 헤드셋 끼고 영어로 발연기라도 그럴싸하게 해볼 텐데, 그런 얘기를 하며 웃었다.

가깝다고 여기는 상대에 대해 얼마나 알고 있는지 생각했다. 영화 〈꽃다발 같은 사랑을 했다〉는 같은 막차를 놓친 남녀 대학생이 우연히 만나 첫차를 기다리며 주점에서 밤새 대화를 나누는 장면으로 시작한다. 얘기하다 보니 좋아하는 작가, 영화, 음악 취향이 같고 심지어 같은 신발까지 신고 있었다. 서로 같은 관심사에 함께 있는 시간이 너무 좋아 동거를 시작하지만, 시간이 지나고 보니 같은 것이 많은 게 아니라 같은 것만 바라본 것일 뿐. 꽃다발같이 화려하고 향기로운 시간은 금방 지나고 시들어버렸다.

오랜 연인과의 이별을 노래한 이승환과 선우정아의 듀엣곡 〈어쩜〉의 뮤직비디오에서는 바닥에 흩어진 시든 꽃들이 필름을 거꾸로 돌리자 다시 꽃다발로 돌아가는 장면이 나온다.

관계는 처음에는 뜨겁게 타오르지만, 나중에는 타고 남은 숯불 같은 열기로 살아진다. 가끔 장작 몇 개씩 넣어주면서 따뜻함을 은근히 이어가는 것이 사랑이다. 활짝 핀 꽃, 타오르는 불꽃의 시절이 사랑의 정점으로 보이지만, 그건 사랑의 시작일 뿐이다.

같이 지내는 시공간이 제한된 상황에서 상대를 판단하는 일은 충분하지 않다. 같이 살면서 겪는 많은 갈등은 얼마 되지 않는 표본으로 전체를 추정하는 오류에서 온다. 길어야 몇 년 만나보고 결혼하고, 하루 중 몇 시간 정도만 같이 지내며, 함께하는 시간에도 사실 서로 얼마 지켜보지도 않는 우리는 생각보다 상대를 잘 모른다.

이제 벚꽃이 떨어지면서 듬성듬성 푸른 잎이 보이기 시작한다. 많은 이들은 벚꽃이 피는 시절에나 벚나무를 알아보고, 나머지 계절에는 그냥 다른 여느 나무와 같게 여긴다. 사랑은 어찌 보면 꽃다발이 아니라 꽃나무 같은 것이다. 꽃이 떨어지더라도 벚나무임을 아는 것, 푸른 잎을 돋우고 열매를 맺고 마른 가지로 겨울을 나며 나이테를 쌓아가는 것, 다시 꽃 피는 시절을 같이 기대하는 것, 그 정도만 되어도 충분하겠다.

후회하지 말고 기억해

"아, 이런!" 우연히 바라본 화분에 포인세티아가 완전히 시들어 있었다. 매년 크리스마스 무렵에 사 오면 붉던 잎이 초록색으로 변할 때까지 키우곤 했었는데, 올해는 뭐가 바빴는지 물 주는 것을 한참 잊었다. 바싹 마른 잎을 보며 돌보지 못한 미안함과 후회가 밀려왔다.

강아솔의 노래 〈섬〉은 아무도 찾지 않아 돌보지 못하는 섬 같은 저마다의 마음을 노래한다. 가만히 보면 우리는 무엇인가 돌보는 일들로 일상을 채운다. 가족이나 연인, 또는 동식물, 그리고 자기 자신. 하지만 미처 못 챙기기도 하고, 돌본다고 꼭 잘 자라는 것도 아니라서 자주 안타까움을 느낀다.

"소중한 것은 눈에 보이지 않아." 여우가 어린 왕자에게 한 말처럼, 소중한 것들은 보통 과묵한 성질을 지니고 있어서 눈에 잘 띄지 않는다. 그래서 소란스러운 주변 일에 신경 쓰다 보면 포인세티아처럼 그냥 가만히 시들어 버린다. 소중한 것은 항상, 뒤늦은 안타까움과 후회를 동반한다. "후회하지 말고 기억해." 영화 〈타오르는 여인의 초상〉에서 이별을 앞둔 두 여인은 나란히 누워 그렇게 사랑의 언어를 나눈다. 매순간 서로 선택하며 겪어온 수많은 일에 대해, 돌이켜 후회하지 말고 다만 좋은 기억으로 간직하자는 말. 그들은 둘만의 아름다운 기억을 초상화 속에 몰래 남겨 서로 간직했다.

무엇인가 몹시 후회될 때마다 나를 붙잡아주는 것은 좋은 기억이었다. 사랑도 그랬다. 사랑을 후회할 때마다, 그의 연락을 목 빠지게 기다리고, 손잡을 때 부드럽고 따뜻한 설렘을 느끼던 기억을 떠올렸다. 기억 속 내가 사랑했던 것을 생각하면, 그것들은 아직 여전히, 여기저기 남아있다. 그러니 후회할 일은 아니구나 하는 생각, 비록 붉은 잎이 푸르게 변했더라도 크리스마스를 붉게 빛냈던 포인세티아였음을 나는 기억한다.

이참에 살펴보니 한구석에 있던 크로커스가 꽃을 피웠는데 모르고 있었다. 몇 년 전 겨울에 들어와서 부추 모양으로 자라 저게 뭔가 했는데, 가끔 조용히 흰 꽃을 피운다. 작년에 들여온 호야도 처음으로 초콜릿 향기가 나는 꽃을 피우고 있다. 이들의 꽃 피는 시절을 기억에 담아본다.

시든 포인세티아에 다시 물을 주며 돌보았더니 마른 잎을 떨구며 기운을 차려 가지에서 작은 새잎을 내고 있다. 지금 내가 돌보는 모든 것은 시간이 지나면 변하고 사라질 것이다. 하지만 돌보는 시간만큼은 자라고 꽃 피우고, 서로 웃고 사랑하고, 그렇게 좋은 기억에 담아두어야겠다. 후회 없도록.

엔딩 크레디트

영화가 끝났다. 음악과 함께 엔딩 크레디트가 올라오기 시작한다. 감독과 제작자, 주연의 뒤를 따라 점점 많은 이름의 행렬이 스크린을 가득 채운다. 조연과 엑스트라, 스턴트 같은 출연자뿐 아니라 조명, 소품, 편집, 음악, 분장, CG, 운전사, 매니저, 회계 담당까지 수많은 이름이 줄 맞추어 서서히 올라온다. 각자 맡은 분야에서 애쓴 이들의 이름에서 영화의 뒤를 받치는 직업인의 모습을 떠올린다. 엔딩 크레디트는 공연으로 보면 커튼콜 같은 느낌이어서, 나는 가능하면 자리를 지키고 앉아 영화의 여운을 되새기며 가만히 바라본다.

영화 산업 초기에는 그렇지 않았다고 한다. 엔딩 크레디트에는 감독과 주요 출연자 이름 정도만 간략히 소개되었다. 그러다가 1973년 조지 루커스 감독이 제작비가 부족했음에도 영화 제작에 도움을 준 배우와 스태프들에 감사하기 위해 모두의 이름을 넣은 것이 점차 관례가 되었다고 한다. 가끔 어떤 영화는 엔딩 크레디트 끝에 쿠키 영상을 삽입하여, 자리 털고 일어서려는 관객을 끝까지 붙잡아 놓기도 한다. 마치 '이런 분들이 있어 좋은 영화가 완성된 거예요. 바삐 일어서지 말고 하나하나 좀 봐주셔야죠' 하는 것처럼.

영화의 시각으로 둘러보면 모든 사물은 각각의 엔딩 크레디트를 가지고 있다. 커피콩을 수확하고 말려 운송하고 볶고 갈아서 내리는 과정에서 완성되는 한잔의 커피. 산지의 농부, 운송선의 선원, 커피숍 바리스타의 이름은 커피 향에서 엔딩 크레디트로 올라온다. 주연은 커피콩이겠지만 조명 담당에는 Sun, 검은 의상 담당은 Fire 정도가 될까?

우리도 각자 언젠가 올라올 엔딩 크레디트를 만들고 있다. 뭔가 어렵거나 복잡한 일이 잘 풀렸을 때, 눈에 띄지 않게 스턴트맨이 있지 않았을까? 인생에서 최고로 밝게 빛나는 시간에, 반사판 높이 들고 비추던 조명 기사가 있지 않았을까? 땀 흘리며 혼자 길을 걷는다 생각할 때, 곁에 붙어 땀 닦고 화장을 고쳐주던 분장 기사가, 허기진 순간 나타나 끼니를 챙겨주던 밥차 기사도.

시간이 한참 지난 후, 내 삶의 마무리 즈음에 음악이 흐르며 엔딩 크레디트가 하나둘 올라오는 모습을 상상해 본다. 나의 삶을 보살피려 노력한 이름들을 그제야 발견하고 놀라거나 후회하지 말아야 할 텐데. 그러기 위해 엔딩 크레디트를 내가 어떻게 만들고 있는지, 누구의 이름이 그곳에 올라올지 미리 잘 챙기고 감사해야겠다.

나를 위한 꽃집

집 근처에 꽃집이 새로 생겼다. 여느 꽃집에 비해 넓은 실내 공간에 다양한 꽃들이 각자 이름과 가격표가 달린 통에 담겨있는 것이 남달랐는데, 한 송이 가격도 생각보다 저렴했다. 2~3천 원 수준이라서 가볍게 한두 송이 데려가기에 부담스럽지 않았다.

꽃집 유리문에 '나를 위한 꽃집'이라는 문구가 적혀 있었다. 보통 졸업이나 입학, 생일 등을 맞이한 이를 축하할 때, 또는 누군가에게 사랑이나 관심을 표현하고 싶을 때 꽃을 산다. 그냥 내가 놓고 보려고 꽃을 사는 일은 그리 흔치 않다. 나도 가끔 봄에 프리지어 정도 사서 집에 꽂아놓는 일 외에는 그렇게 한 적이 별로 없었다. 꽃집에서 마침 할인하고 있는 수국 한 다발을 사 왔다. 꽃병에 꽂아놓고 물을 갈아주며 작은 봉오리가 부풀어 꽃이 되는 모습을 보니 기분이 좋아졌다. 그

후로 퇴근길에 종종 그 꽃집에 들렀다. 튤립에서 작은 장미나 라넌큘러스, 리시안서스, 그동안 이름도 몰랐던 꽃들이 차례로 꽃병을 채우기 시작했다.

꽃의 한살이에 대해 생각했다. 어느 화훼농원 온실에서 싹 틔워 자라다가 줄기가 잘리면서 꽃집으로 제각각 여행을 시작한 꽃들. 줄기와 물만으로 살아가는 그리 길지 않을 삶에서 어디에 있는 누구에게 어떤 의미로 가게 될지 모른다. 다만 어느 환경에서든 물을 빨아올려 봉오리를 키우고 꽃을 피울 뿐이다. 영화 〈소울〉에는 '태어나기 전 세상'이라는 곳이 나온다. 그곳은 영혼들이 다양한 활동을 하며 성격을 형성하는 곳인데, 준비를 검증받은 영혼들만 지구를 향해 뛰어내릴 수 있다. 무한하지만 희로애락 없는 그곳에서 유한한 삶을 향해 떠나는 것이다. 꽃이 생명을 얻은 뿌리를 떠나 어딘가 모르는 곳으로 향하는 것처럼, 우연히 자리 잡은 곳에서 유한한 생을 시작하여 꽃을 피우는 것처럼.

집에 오자마자 꽃을 보살핀다. 물도 갈아주고 잎도 손질하고, 그러다가 시든 꽃은 잘 잘라 고이 종이에 싸서 버린다. '화양연화'라는 말이 있다. 삶에서 가장 아름답고 화려했던 시절은 지나고 나서야 그게 그 시절이었음을 깨닫는다. 아쉬워할 수는 있으나 그 시절이 다시 오길 꿈꾸는 것은 시든 꽃을 피우려 하는 것만큼 부질없다.

어떤 일이든 끝이 있다는 것은 참 괜찮은 일이기도 하다. 어쩌다 운명처럼 우리 집으로 오게 된 꽃을 마지막까지 보살피며, 보는 것과 보살피는 일은 다르다는 것을 느낀다. 그동안 빵집, 술집, 밥집 같은 두 글자 먹는 집만 좋아했는데, 꽃집도 이제 슬며시 삶으로 들어와 버렸다. 꽃을 보살피는 일은 내 삶을 보살피는 일이다. 그래서 그 꽃집이 '나를 위한 꽃집'이라고 했나 보다.

그릇의 무게

무게를 달아서 가격을 매기는 상품 가게에서는 저울 눈금이 그릇 무게를 빼고 계산하도록 조정해 놓고 있다. 수산시장, 캔디나 쿠키를 무게 단위로 파는 곳들이 그런데, 그릇은 파는 것이 아니라서, 무게에 포함하여 계산하지 않는 것을 서로 당연히 여긴다.

삶도 무게로 달아서 가격을 매길 수 있을까 문득 생각해 본다. 타인의 삶을 평가할 수는 있지만 결국, 자기 인생을 제대로 평가할 수 있는 사람은 자기 자신밖에 없다. 삶이라는 시험지에 매겨온 답안에 대한 채점은 스스로 하는 것이라서, 굳이 빡빡한 기준으로 낙제점을 매길 필요는 없다. 다만 무게를 달아볼 때, 어떤 게 그릇이고 어떤 게 측정 대상인지 구별은 잘해야겠다. 몸을 돌보지 않으면 살이 점점 붙지만, 마음을 허투루 가지다 보면 마음이 앙상해져서, 무게는 반대로 점점 줄어든다.

세상에 온갖 그릇들이 많다. 대개 명사로 되어있는 묵직한 것들이 그릇을 차지한다. 재산, 직업, 경력, 지위 같은 것들. 그러나 삶의 무게는 그릇을 뺀 형용사로 측정된다. 얼마나 너그럽고 편안한지, 현명하고 아름다운지, 모질거나 독한지, 재미있거나 지루한지 하는 것. 그동안 그릇을 만들고 닦을 생각만 했지 그 안에 담기는 내용물에 대해서는 제대로 돌보지 못한 것을 반성한다. '돌보다'는 단어는 '돌아보다'에서 온 말이다. 나의 영혼이 나를 잘 따라와서 그릇에 무사히 담기고 있는지 가끔 돌아보며 돌봐야 삶이 편안하겠다.

삶은 그릇으로 빛나지 않는다. 저울 위에 올라서면 그릇 무게는 모두 빼고 잰다. 그러니 아름다운 형용사가 나의 그릇을 풍성히 채워갈 수 있도록, 삶이 그릇으로만 남지 않도록, 그렇게 그릇만 남는 그릇된 삶은 되지 않도록 노력해야겠다.

매미의 사랑

점심시간, 근처 공원 벤치에 앉아 샌드위치를 먹는다. 더위가 꺾이면서 매미 울음소리도 많이 누그러지고, 이미 생을 다해 나무 아래 누운 매미도 눈에 띄었다. 수년간 땅속에서 애벌레로 있다가 땅 위로 나와 기껏해야 한 달 정도 사는 매미에게, 땅 위의 삶이란 온통 짝짓기를 위한 시간이다. 종일 수컷은 몸을 한껏 진동하여 소리 내며 암컷을 부르고 짝짓기에 성공한 암컷은 나무에 알을 낳는다. 그러고는 결국 둘 다 곧 죽음을 맞는다.

동물에게 짝짓기란 번식이 가능한 성체가 되었다는 상징이다. 짝짓기 이후 새끼들을 돌보며 삶을 이어가는 동물이 있는가 하면, 매미와 같은 곤충들에게는 짝짓기란 곧 삶의 끝이기도 하다. 태어나 보니 고아였는데 어른이 되니 곧 죽게 되는 삶. 몸을 계속 떨어 소리를 증폭시켜 온 힘을 짜내고 마감하는 삶. 가을이 오기 전 할 일을 위해 힘을 다하는 매미 울음소리가 공원을 채운다. 짐승이나 곤충이 내는 소리에 대해 사람들은 그냥 '운다'고 뭉뚱그려서 말한다. 여우가 울고, 소가 운다. 닭도, 말도, 뻐꾸기도, 귀뚜라미도 운다. 가끔은 '노래한다'라는 말을 붙여주는 동물도 있는데, 땅 위에 올라와 매일 같이 처절하게 울어대다 떠나는 수컷 매미에게는 운다는 말이 너무도 적절해서 더 안타깝다.

지구상 모든 동식물은 생존과 번식의 목적을 가진다. 꽃이 향기롭게 피는 것이 벌과 나비를 모으기 위한 것이듯, 나무에 열리는 맛있는 과일은 짐승들이 씨를 퍼뜨리기 위함이듯, 매미가 우는 것은 암컷을 부르기 위한 감미로운 사랑의 신호이다. 다만 향기로운 꽃이나 맛있는 과일과 달리 그 음색 코드가 사람의 귀에 시끄럽게 들릴 뿐이다. EBS의 자연 다큐멘터리 〈수컷들〉은 지구에 사는 13종의 수컷 새들의 짝짓기와 필사적인 구애 과정을 보여준다. 몸을 치장하고 춤 연습을 하고 화려한 집을 짓는 등 온갖 준비를 다 하고 짝짓기를 시도해도 겨우 10%의 수컷들만 암컷에게 선택받는다. 그 오디션을 열심히 준비하는 수컷 새들의 숙명에 마음이 숙연해진다.

매미 암컷도 자기가 알을 낳으면 죽게 될 운명임을 알고 있지 않을까? 죽음을 예감하면서도 애타게 사랑을 외치는 수컷에게 다가가는 암컷의 마음은 어떨까? 우리에겐 한여름에 찾아오는 시끄러운 울음이지만 그들에게는 성체로서 맞이하는, 삶에서 가장 중요한 이벤트이다. 다가올 죽음을 알면서도 사랑을 선택하는 매미. 매미들이 가을이 오기 전, 마지막 사랑을 모두 꼭 찾기를 바란다.

내 방은 궁전

이사를 앞두고 집에 남은 여러 흔적을 지웠다. 벽에 붙여 놓았던 포스터나 사진들을 떼어내고 자국들도 꼼꼼히 없앴다. 있던 것이 사라진 벽이 낯설고 허전했다. 이삿날이 다가올수록 마음이 왜 이러나 했더니 신혼 이후 가장 오래 살았던 집이었다. 익숙해질수록 그 익숙함에서 벗어나는 일은 힘들다. 이사를 겪으면서 마음이 사람뿐 아니고 장소에도 머물러서, 옮기려면 노력이 많이 따른다는 사실을 다시 깨달았다.

어릴 적 오래 살던 집에서 이사할 때가 떠올랐다. 형들과 키재고 줄을 그었던 문틀, 솥 위에 앉다가 엉덩이를 데었던 부뚜막, 기어 올라가 별을 바라보던 지붕, 친구와 아빠 담배를 몰래 피우며 캑캑대던 뒤뜰 모퉁이, 가까운 기찻길에 울리던 경적과 생쥐가 천장을 가로지르는 소리, 가끔 달빛이 눈 쌓인 것처럼 하얗게 비추던 마당도. 동네 가게에서 얻어온 박스로 포장해 놓은 짐들을 들어 나르느라 바빴지만, 마음 가득한 아쉬움에 골목을 나서며 자꾸 돌아보았던 이삿날의 추억.

이제는 포장 이사라서 짐을 싸놓지 않고 몇몇 깨지기 쉬운 물건들만 따로 포장해 상자에 넣어 챙기면 되었다. 머물러 있을 때는 필요 없지만, 어딘가로 움직이려면 충격 흡수 포장이 필요한 것이 있다. 안 그러면 상처받을 수 있는 것들. 마음도 그렇지 않을까? 어디에 누군가에 머무를 때는 괜찮지만, 움직이거나 거두거나 할 때는 뽁뽁이로 잘 싸두어야 하는 마음.

정밀아의 〈내 방은 궁전〉이라는 노래는 이런 내용이다. 세를 얻을 때 부동산중개인이 계단 몇 개는 내려가지만 반지하는 절대 아니라고 말했다. 그 말을 믿고 이사했는데 반지하나 다름없는 집이었다는 것. 그렇지만 생각보다 햇살이 잘 들고 좋아하는 사물들과 함께 있으니 이곳이 바로 궁전이라고 노래한다. 그렇지. 어딜 가든지 내가 사랑하는 이들과 친숙한 물건들과 같이 있다면 그곳이 궁전이지. 그렇게 생각하니 이사하는 마음이 뽁뽁이를 두른 듯 훨씬 편안해졌다. 뽁뽁이의 오톨도톨 말랑한 질감이 나는 좋다. 마음을 보호하는 것은,

단단한 것이라기보다는 대개 말랑한 것들이다. 다정하고 가벼운 말과 웃음, 소소한 배려와 응원, 그렇게 가는 곳마다 마음을 풀어놓고 잘 머무르면 그곳은 항상 멋진 궁전이 된다. 내 방은 궁전!

생일에 촛불을 끄는 이유

아침에 알람을 끄고 일어나기 전에 숨을 한번 크게 쉰다. 출근하러 집에서 나설 때, 회사에 도착해서 커피 한잔 마시며 또 크게 숨을 내쉰다. 숨은 내가 몸에 주는 신호처럼 느껴진다. 천천히 내쉬는 숨에 마음도 같이 잠깐이나마 안정되는 느낌이다.

우리 몸에서 멈추면 안 되는 것들은 대개 의지로 멈출 수 없다. 뇌에서 아무리 명령해도 심장 박동이나 위의 운동, 쓸개즙의 분비 같은 것을 멈출 수는 없듯. 그런데 숨은 유일하게 의지로 멈출 수 있다. 자신의 의지로 자신의 숨을 멈출 수 있다는 의미는 달리 말하면 나의 의지로 숨쉬기 운동을 하며 스스로 살아가라는 생명의 명령이겠다.

숨 쉬는 일을 호흡한다고도 하는데, '호~' 하며 내쉬는 숨과 '흡!' 하고 들이마시는 의성어가 겹쳐진 말 같다는 생각이 든다. '호~' 하고 숨을 내쉬면 그 이름처럼 숨은 바로 숨는다. 추운 겨울에라야 잠시 하얗게 모습을 드러낼 뿐. 그런데 숨을 느낄 수 있을 때도 있다. 잠에 빠진 아기의 색색거리는 숨결에서는 달큰한 숨의 향이 풍긴다. 아이가 자라서 사랑할 나이가 되면, 좋아하는 사람이 생기고 그의 숨결이 마음에 숨어들면, 숨 막히는 경험을 하게 되겠지. 그러다 가끔은 무겁게 한숨 쉴 때도 있을 거고.

생각해 보면 목숨은 숨이 하는 일이다. 숨이 하는 일 중 최고는 사랑이다. 그래서 사랑은 숨 쉬는 일처럼 참기 힘든 일이다. 터지는 감정을 참지 못해 잠을 설치고 밥을 못 먹고 버벅대며 고백하고. 그렇게 사랑의 결합은 서로 숨을 맞추는 사이가 되는 것. 숨 쉴 틈 없는 세상에서 숨 막히는 긴장과 숨차게 달리는 시간들을 서로 호흡을 맞추며 함께 이겨내는 사이가 되는 것.

누구나 태어나서 가장 처음 하는 일은 숨 쉬는 일이다. 부자든 빈자든 필요한 만큼 숨 쉬며 살아가다 마지막 숨으로 삶을 마무리한다. 그러므로 숨 쉬는 모든 날의 총합이 삶의 기간이다. 생일에 케이크에 촛불을 켜고 입으로 후 숨을 불어서 끄는 것은 태어난 날 하루만이라도 살아있는 '목숨'의 의미를 기억하라는 맥락이 아닐까. '마지막 춤은 나와 함께'라는 말은 곧 '마지막 숨은 나와 함께'라는 말이다. 춤추듯 즐겁게 숨 쉬며 살아야겠다. 처음과 끝을 나와 함께 해줄 친구가 있으니.

나랑 별 보러 가지 않을래?

갑자기 별을 보러 가게 되었다. 아내가 어디 가서 자고 오지는 말고 밤에 다녀올 수 있는 곳으로 가면 좋겠다고 했다. 생각해 보니 아내는 요즘 〈별 보러 가자〉 노래를 자주 들었다. 원곡 가수인 적재 노래보다 박보검 리메이크가 나오고 나서 더 좋아하긴 했지만. 우리는 원래 별 보는 걸 좋아했다. 여행 가서 한밤중에 알람 맞추어 놓고 일어나 함께 밤하늘을 바라보는 일도 참 많이 했다. 한창 시절에는 백허그한 채로 같이 서서 별을 바라보았던가. 눈과 마음에 별이 가득 담기던 시절이었다.

별 보기 좋은 곳 검색을 했더니 경기도 양평 벗고개 터널이 나왔다. 차로 편도 1시간 남짓 거리라서 다녀오기 적당해 보였다. 달이 없어야 별이 잘 보이는데 마침 그날은 달이 낮에

떠서 저녁 11시쯤이면 진다고 했다. 아, 달이 밤에만 뜨는 게 아니었지. 하늘에 손톱 같은 낮달이 보였다.

밤 11시쯤 집에서 출발했다. 가는 길 차 안에서 〈별 보러 가자〉 노래를 참 많이도 들었다. 박보검이 계속 자기랑 별 보러 가지 않겠냐고 꼬드겼다. 그래그래 알았다고, 가고 있다고. 국도에서 빠져나와 구불구불 어둡고 좁은 시골길을 한참 달려야 했다. 벗고개 근처에 다다르니 자정이 넘은 시각. 갑자기 어둠 속에 주차된 차들이 보이기 시작했다. 벗고개 한참 아래에서부터 갓길에 차들이 이미 쭉 줄지어 있었다. 별 보기에 진심인 사람이 이렇게나 많았었나 하며 놀랐다.

다른 이들에게 방해가 안 되도록 전조등을 끄고 조심스럽게 차를 갓길에 댔다. 차 밖으로 나오는데 하늘을 보고 또 한 번 놀랐다. 엄청나게 많은 별이 밤하늘에 가득 뿌려져 있었다. 별에서 눈을 떼지 못한 채 걷는 순간 갑자기 별똥별 하나가 하늘에 기다란 금을 긋더니 사라졌다. 주위 사람들이 우와~ 탄성을 질렀다. 오랜만에 보는 커다란 별똥별이라 그런가, 갑자기 눈시울이 뜨거워졌다. 도로에서 옆으로 난 샛길 풀숲 사이에 자리를 깔고 누웠다. 풀벌레 소리는 또르륵 거리며 귀를 간지럽히고 하늘을 채운 수많은 별이 우리를 내려다보고 있는 시간이었다. 별똥별이 하나둘 하늘에 금을 그으며 사라졌다. 별똥별은 위에서 아래로만 떨어지는 게 아니라 밤하늘 곳곳에서 제각기 아래로 위로 오른쪽 왼쪽으로 길고 짧은 흔적을 만들며 사라졌다.

별을 바라보며 '천문학적'이라는 말을 떠올렸다. 우리가 별을 이야기할 때 쓰는 단어. 별까지의 거리나 별의 크기, 별의 나이 같은 것. 일상의 숫자로는 표현하기도 짐작하기도 어려운 아득한 것들을 부르는 말. 생각해 보면 내가 세상에 태어난 확률이나, 살면서 맺는 다양한 인연의 확률 역시 천문학적이다. 밤하늘은 그래서 아름다운가 보다. 아득한 옛날 너와 내가 같이 먼지로 떨어져 나왔을 천문학적 거리의 별들과 만나는 시간. 대기권에 별똥별이 떨어지는 찰나의 순간 같은 삶을 너와 같이 살아가고 있음을 확인하는 시간. 보이지는 않아도 별은 항상 하늘에 있었고, 느끼지 못해도 그 인연은 항상 연결되어 있음을 알게 되는 시간. 그래서 반짝반짝 별 볼 일 있던 그 시간.

시인의 시선

늦봄 어느 주말에 글쓰기 모임 학우들과 양평에 있는 시인의 작업실에 들렀다. 논길, 산길 곳곳에 들꽃이 피고 나무가 점점 큰 그늘을 드리우는 계절이었다. 점심을 같이 먹고 근처 동네를 산책하는 중에 시인이 물었다.

"이 꽃 이름이 무엇인지 아세요?"

길 한쪽에 무더기로 노랗게 피어있는 작은 꽃들이 있었다. 많이 보았지만 이름은 모르던 꽃이었는데 애기똥풀이라고 했다. 가지를 꺾으면 노란색 즙이 나오는데 갓난아기 똥색 같다고 해서 붙여진 이름이란다. "이 잎 냄새 맡아봐요. 무슨 향기가 나요?" 추어탕에 넣는 산초 향이 났다. 산초는 열매를 갈아 쓰는 향신료지만 나뭇잎에서도 향기가 진하게 풍겼다. 잎도 열매의 향기를 같이 나누고 있을 줄은 몰랐다. 생각해 보면 봉숭아도 그랬다. 꽃물을 들일 때 빻아서 손톱에 묶는 주재료는 꽃보다는 잎이었다. 꽃의 빛깔을 이파리도 같이 품고 있었다.

"이 나무는 무슨 나무일까요?"

산길을 걷는 중에 시인이 물었다. 그리 구별되는 특징이 없어 다들 몰랐다. 진달래라고 했다. 얼마 전까지 꽃이 피어있었다는데 꽃 지고 난 후의 진달래를 우리는 알아보질 못했다. 우리 눈에는 그냥 엇비슷한 나무들인데 시인에게는 이른 봄 분홍꽃 만발하는 진달래, 가을이 되면 잎이 타는 듯 붉게 변할 붉나무, 곧 열매가 달려 여름에 붉게 익어갈 구기자나무로 구별되었다.

관심 어린 시선으로 보면 볼수록 시선의 깊이는 깊어진다. 참나무도 상수리나무, 굴참나무, 떡갈나무, 신갈나무, 갈참나무, 졸참나무가 서로 다르다. 변해가는 모습도 보인다. 지금 푸른 잎을 달고 있는 나무도 저마다 꽃 피는 시절이 있었음을 기억한다. 시인은 식물 하나하나 지금 지나는 시절과 꽃 피는, 열매 맺고 낙엽 지는 시절까지 바라보고 있었다. 애정 어린 시선으로 바라보면 어린잎에서 꽃과 열매를 보고, 커다란 나무에서도 어린싹을 틔우던 시절을 느낄 수 있다. 식물들이 향기나 색을 잎과 줄기와 열매에 고루 담아내듯 사람의 향기나 색도 행동이나 말투나 글 어딘가에 골고루 담겨있지 않을까? 그래서 감추려 해도 은연중에 드러나겠지. 나는 어떤 향기나 색을 내고 있을까 생각했다.

산책에서 돌아와서, 시인의 집과 마당 사이 좁은 틈에 어디선가 날아온 씨앗들이 작은 싹을 틔우고 있는 것을 보았다. 넓은 곳을 버려두고 하필 이런 곳에 뿌리를 내렸는지 안쓰럽기도 했지만, 좁은 공간에서 옹기종기 올라오는 싹들이 예뻤다. 시인에게 무슨 싹인지 묻지 않았다. 다음번에 오게 되면 이 싹들이 어떻게 자라고 있는지 다시 잘 살펴봐야겠다.

내 마지막에 이 노래를

예능프로에 젊은 의사 두 명이 손님으로 나왔다. 출연진이 초대 손님과 옥탑방에 앉아 퀴즈 풀며 대화하는 콘셉트의 프로그램인데, 그날은 병원에서 벌어지는 일이 퀴즈의 주제가 되었다. 마지막 퀴즈는 "일반 병실에는 없고 임종방에만 있는 것은 무엇일까?" 하는 문제였다. 병원에서 임종을 맞이하는 환자를 위하여 전망 좋은 곳에 흰색 대신 따뜻한 색 벽지로 마련하는 곳 임종방, 그곳에 연명 장비 대신 있는 것은 바로 스피커였다. 사람의 오감 중 가장 마지막까지 남는 감각이 청각이라서 마음의 평안을 위해 좋아했던 음악을 들려주기 위함이라 했다.

내 기억 속에는 스피커가 있는 병실이 또 하나 있다. 첫아이 출산 때, 그 당시에는 흔하지 않았던 가족 분만실에 들어갈 수 있었다. 출산 때 가족들과 같이 있을 수 있도록 만든 그곳에 CD 플레이어가 있으니 산모가 좋아하는 음악을 챙겨 와도 좋다고 했다. 바쁘게 태교 음악 CD만 골라 가져갔었는데, 예상보다 길어진 진통 시간 내내 모차르트 음악만 줄기차게 들었던 기억이 난다. 생명이 태어나는 분만실과 저무는 임종방에서 모두 함께하는 것은 음악이었다.

출연한 의사가 말했다. 임종방에 계신 분께서 의식이 없더라도 청각은 마지막까지 남아있을 것이니 계속 따뜻한 말을 전하라고, 표현은 못하더라도 듣고 기뻐할 거라고 했다. 그때 옆에서 같이 TV를 보던 아내가 이야기했다. "내가 나중에 임종방에 들어가게 되면 틀어줄 임종송을 알려줄게." BTS 팬클럽 회원인 아내는 임종송으로 BTS의 〈고민보다 Go〉를 준비해달라고 했다. 아, 그 노래! 어쨌든 고민 없이 갈 길을 가겠다는 거구나, 뜻깊구나 하고 생각하며 그러겠다고 했다.

음악이 가진 추억과 다정한 위로의 힘은 크다. 어떤 노래를 오랜만에 들으면 한창 듣던 시절이 떠오르며 위로가 된다. 그래서 그런지 집 정리를 하다 보면 읽은 책들은 골라서 버리게 되는데 오래된 CD들은 왠지 책과는 차원이 다른 추억이 깃

들어서 잘 버리지 못하게 된다.

며칠 후에 아내와 같이 차를 타고 가는데 〈걱정 말아요 그대〉라는 노래가 나왔다. 아내가 말했다. 아, 이 노래도 임종송으로 같이 틀어주면 좋겠다고. 그래서 내가 이 노래 원곡은 전인권인데 연륜 있는 원곡자의 노래로 하면 어떻겠냐고 했더니 쓸데없는 소리 말고 이적 버전으로 해달라고 했다. 알았다고 하고 보니 저번에 아내가 말했던 BTS의 노래 제목이 갑자기 생각나지 않았다. 그래서 아내에게 확인차 다시 물었다.

"저번에 틀어달라던 그 BTS 노래는 뭐였지?" 그 순간 갑자기 떠올랐다. "아, 맞다. 그게 〈불타오르네〉 였지?" 그 순간 뭔가 이상하게 싸한 느낌이 들었다. 아. 뭐지 이 분위기는? 생각하는 순간 아내가 눈을 흘기며 말했다. "그래, 그때라면 내가 곧 불타오르게 될 몸이겠지만, 그렇다고 노래까지 먼저 그렇게 들려주고 싶냐?" 등짝에 스매싱이 날아들었다. 등짝이 후끈 불타올랐다. 아니, 그런 뜻이 아니라고, 너에 대한 나의 사랑은 마지막까지 불타오른다는 뜻이라고…

Part 3

관계, 너그럽고 다정하게

국가공인, 손을 잡는 날

이른 아침 회사 근처 커피숍에 와있는데 딸에게서 전화가 왔다. 울먹울먹 원망 섞인 목소리를 내뱉는다. 아차! 깜빡했다. 어젯밤 딸이 숙제하다 너무 졸리다며 일단 자고 아침 일찍 일어나서 하겠으니 출근할 때 꼭 깨워 달라고 했었다. 전화를 끊고 나서도 실수에 대한 미안함이 가시지 않았다.

실수는 한자 뜻으로 보면 '손을 잃는다'라는 뜻이다. 손을 잡아야 할 때 잡지 못하거나 대지 말아야 할 곳에 손을 대서 일이 잘못되는 경우 실수라고 부른다. 손잡아야 할 것을 챙기는 일은 손대면 안 될 것을 피하는 것보다 보통 더 어렵다. 오늘 아침에도 손잡아 불끈 일으키면 될 일을 그리 하지 못했다.

손잡는 일은 시작과 관련이 깊다. 아기는 부모의 손을 잡고 걸음마를 시작하고 연인들은 서로 손을 잡으며 사랑을 시작한다. 누군가와 같이 일을 시작할 때도 손잡았다는 말을 쓴다. 손을 잡을 때 전해지는 따뜻한 온기, 든든한 신뢰감과 마음 설렘은 살아가는 데 두고두고 힘이 된다.

아내와 만난 지 한 달쯤 지났을 때였다. 5월 5일, 기차를 타고 강촌으로 나들이를 갔다. 폭포를 보고 내려오는 길에 나는 그녀에게 물었다.

"오늘이 무슨 날인지 아세요?"

"오늘 어린이날 아닌가요?"

"아니에요. 5월 5일은 다섯 손가락 둘이 만나듯 서로 손을 잡는 날입니다."

낯간지러운 멘트를 날리며 나는 그녀의 손을 꼭 잡았다. 그녀가 그때 피식하며 웃었던가. 풋풋했던 그 시절, 같이 손잡고 내려오는 오솔길, 푸르른 나무 사이로 비치던 봄 햇살은 너무도 찬란했다.

퇴근길에 딸이 좋아하는 아이스크림을 샀다. 현관에 들어서자 딸이 쪼르륵 달려와서 손에 들린 아이스크림을 보더니 "뭐야?" 하며 톡 채갔다. 새쭉한 표정으로 "앞으로 그러지 마" 했다. 나는 마음속으로 다짐했다. 그래, 앞으로 네가 필요할 때 꼭 손을 잡아줄게, 실수하지 않을게.

귀 없는 말

"아저씨, 왜 말귀를 못 알아먹으세요?"

아파트 입주민이 나이 든 경비원에게 던졌다는 말이 기사에 나왔다. 경비원 업계에서는 이 나이 든 경비를 '임계장'이라고 부른다고 한다. 직급이 '계장'이 아니라 '임시 계약직 노인장'을 줄여서 부르는 말이다. 자조적인 표현으로 '고다자'라고도 한단다. 고르기도 다루기도 자르기도 쉽다고.

흔히 듣는, 왜 말귀를 못 알아듣느냐는 말. 귀가 잘 안 들려서? 물론 그렇지 않다. 말은 '듣는다'고 하지만, 말귀는 '알아듣는다'고 말한다. 그냥 듣는다고 되는 것이 아니다. 눈이 좋다고 눈치 빠른 게 아닌 것처럼, 귀가 밝다 해서 말귀를 알아듣는 게 아니다. '말귀'라는 말에는 권력 관계가 작동하고 있다. 마땅히 내 뜻을 알아채고 따를 누군가가 그렇게 하지 않을 때 '말귀를 못 알아듣는다'라고 말한다. 말귀에는 맥락이나 상대의 상황에 대한 이해보다는, 말하는 이의 욕망이 담긴다. 내가 지금 던졌으니 약자인 너는 어쨌든 받아야만 하는 것이다.

말에는 질감이 있다. 단단하거나 거친, 말랑하거나 부드러운, 뾰족하거나 뭉툭한 느낌. 그래서 말은 마음을 툭 치고 지나가고, 떨어지면 마음에 쌓인다. 날카롭게 꽂히거나 둔중하게 박힌다. 말이 말귀로 던져질 때 말의 질감은 거칠고 날카롭다. 마음에 상처가 나기 쉽다. 가끔 누군가 말귀를 못 알아듣는다고 느낄 때가 있다. 사람은 누구나 자기는 알아듣기 쉽게 얘기한다고 생각하지만, 듣는 이의 입장에서는 전혀 그렇지 않다. 서로 자신이 익숙한 세상의 언어로 말하고 들어서 그렇다.

출연진들이 대중가요를 듣고 가사를 맞추는 예능프로가 있다. 나름 알려진 노래인데 가사 한두 소절을 맞추기 위해 각종 찬스를 사용하고 나서도 머리를 맞대어야 겨우 무슨 말인지 들린다. 정답을 알고 나서 들으면 그제야 가사가 귀에 제대로 들어온다. 노래를 부른 가수나 래퍼는 과연 듣는 사람들이 그러리라 생각이나 했을까?

발 없는 말은 천 리를 간다지만, 귀 없는 말은 당신의 마음까지만 닿으면 된다. 예전에 꽃도 말을 하는 시절이 있었다. 꽃말이라고 했다. 빨간 장미는 사랑, 튤립은 고백, 백합은 순수라는 말. 그 시절에는 많은 것을 살펴야 했다. 꽃을 받으면서 주는 이의 생각을 살피고, 하늘을 보면서 날씨를 살피고, 지도를 찾아보며 길을 살피고, 상대의 안색을 보고 건강을 살폈다. 이제 살펴보는 일을 조금 게을리해도 크게 불편하지 않은 세상이 되었다. 그렇다고 해서 상대의 마음을 살피는 일까지 덜어낼 일은 아닐 텐데 말이다.

귀 없는 말을 차근차근 전하면 좋겠다. 상대의 상황을 잘 살펴 이해하기 쉽도록 천천히, 이왕이면 상대에게 힘이 되도록, 향기가 서로의 사이를 꽃말처럼 채우도록 전하면 좋겠다. 굳이 귀가 필요 없이 마음으로 이해되는 말들을 서로 나누고 싶다.

행복의 기준

중고교 시절 체육 시간, 선생님이 앞 열의 한 친구를 가리키면 그 친구는 "기준!"이라고 외치며 한 손을 번쩍 들었다. 그러면 다들 그 주위에서 앞뒤 양옆으로 팔 벌려 줄을 맞추곤 했다. 사회생활에서는 많은 일이 기준과 관련되었다. 전년 말 기준인지 전월 대비 기준인지, 기준 금리는 얼마인지, 관리 기준에는 어떻게 되어있는지. 의견의 차이도 말다툼의 시작도, 같은 것을 다르게 판단하는 것도 기준에 달려있다.

석모도 보문사는 소원을 비는 절로 유명한데, 계단을 오르다 보면 양옆으로 연등에 네 글자 소원들이 주렁주렁 달려있다. 가족건강, 사업번창, 취업성취, 만사형통, 낙찰기원에 소송승소까지. 현재를 기준으로 더 나아지기를 바라고 있었다. 산업디자이너 배상민 교수는 강연에서, 하루에 10달러 이상 소비할 수 있다면 그는 통계적으로 세계 상위 10% 이내 부유한 사람이라고 했다. 우리 눈에는 잘 띄지 않지만, 지구 대다수 사람은 빈곤이나 위험 속에서 살아가고 있는데 상대적으로 편안하게 사는 우리는 행복의 기준을 일상보다 한참 위쪽에 두고 행복하지 않다고 느낀다.

물은 100도에 끓고 얼음은 0도에 언다. 아침에 해가 뜨고 저녁에는 해가 진다. 지구는 태양 둘레를 1년에 한 바퀴, 스스로는 하루에 한 바퀴씩 돈다. 모두 맞는 말이지만, 물은 100도에 끓는다기보다 애초에 물이 끓는 온도를 100, 얼음이 어는 온도를 0으로 기준 삼아 섭씨를 만든 것이다. 해가 뜨고 지는 걸 보고 아침과 저녁을 만든 것이고 1년과 하루도 지구의 공전과 자전을 기준으로 날짜를 만든 것이다. 물은 100도에 끓는 것을 목표로 하지 않고, 지구는 1년에 맞추어 태양 주위를 돌지는 않는다.

그렇게 해는 뜨고 달은 지며 지구는 달려가고 계절은 바뀌지만, 자연은 기준을 두거나 무엇인가를 목표 삼지 않는다. 무엇인가 기준을 잡아 그보다 나아질 때를 행복이라 정하면, 기준은 점점 올라가고 행복은 점차 멀어지게 된다. 자연처럼,

어디에 있건 나는 나일 뿐, 나를 기준으로 넓은 시야로 삶을 바라볼 때 행복은 다가오는 것이 아닐까?

벚꽃 웃음

아이들을 웃게 하기란 클수록 어렵다. 아기 때는 눈 마주치고 '까꿍' 정도만 해도 금방 까득까득 웃고, 어린아이 때도 사탕 하나, 조그만 장난감, 아니면 돈 천 원으로도 웃게 하기 충분하다. 그러다가 아이들의 웃음을 얻는 능력은 한계에 도달한다. 어느덧 자란 아이들은 나름 웃긴 얘기를 한다 해도 '뭐임?', '그 유머 무엇?' 같은 반응이 나오고 웬만한 용돈에는 별로 기뻐하지도 않는다.

봄이 되며 주위에 꽃이 많이 피고 있다. 꽃샘추위에도 아랑곳없이 산수유꽃으로 시작한 릴레이에 목련꽃, 벚꽃도 동참하여 봄의 정점으로 달려간다. 벚나무 아래를 지나는데 문득 누군가 바라보는 듯한 시선이 느껴졌다. 위를 올려다보니 옹기종기 작은 벚꽃들이 나를 빤히 내려다보고 있었다. 벚꽃의 시선은 보통 아래를 향하고 있다. 벚꽃과 눈이 마주치니 금방 까르르 웃음소리가 들리는 것 같다. 벚꽃은 그렇게 아기의 웃음을 닮았다.

목련은 좀 다르다. 목련꽃은 항상 하늘을 향해 삐죽삐죽 봉오리를 올리며 꽃망울을 터뜨린다. 아래에서 아무리 쳐다봐도 시큰둥하게 피할 뿐 좀처럼 눈을 마주치지 않는다. 그래서 목련꽃은 큰아이들 같은 꽃이다. 자신만의 세상을 생각하고 먼 곳을 바라보며 점차 위를 향해 피어오른다.

신카이 마코토 감독의 애니메이션 〈초속 5센티미터〉는 벚꽃이 바람에 날려 떨어지는 속도를 표현한 제목이다. 세상의 소중한 것들은 시속 몇 킬로미터처럼 큰 단위로 표현할 수 없다. 벚꽃이 피어있는 시간 역시 1년 중 대강 열흘이나 보름이라서 우리는 벚꽃 피는 기간을 축제다 뭐다 하면서 지나면 금방 잊고 만다. 환산해 보면 인생 100년 산다고 할 때 벚꽃 피는 시간은 3~4년 남짓이다. 우리는 1년을 길게 여기지만 1년은 우리 인생에서 벚꽃 보는 시기의 절반만큼도 안 되는 시간인 것을 알아야 한다.

그러니 허투루 지나가는 모든 시간을 벚꽃 피는 시기만큼 소중히 여기고 즐기면 좋겠다. 아이들과는 같이 웃을 수 있을 때 많이 웃고, 같이 어울릴 수 있을 때 좋은 시간을 많이 만들며 지내야 한다. 벚꽃이 떨어지면 그 시간이 짧았음을 알게 되듯, 시간은 지나고 보면 알게 된다. 아이들은 빨리 크고, 벚꽃은 금방 진다.

사라지는 것은 흔적을 남긴다

늦가을 햇빛은 부드럽다. 짙푸른 하늘빛이 부서지며 내려와 시드는 꽃과 뒹구는 낙엽을 감싼다. 가을은 부드러운 뒷모습으로 머문 곳 여기저기에 흔적을 남기고 있었다.

사라지는 것은 흔적을 남긴다. 쓰러진 공룡이 화석을, 강물이 깊은 협곡을 흔적으로 남기는 것처럼. 어떤 것이 계속 머물러 사라지지 않으면 흔적이라 부르지 않는다. 이를테면 별이나 달, 바다 같은 것이 그렇다. 혼인을 혹시 사랑의 흔적이라고 말한다면 결혼 때문에 사랑이 사라진 것이겠지. 흔적은 떠나갈 때만 남겨지는 이름이다. 그래서 흔적이라는 말에는 왠지 쓸쓸함이 깃들어 있다.

어느 관광지에 가면 자물쇠들이 빼곡히 매달려 있는 난간이 있다. 연인들이 사랑의 문구를 적고 잠가놓은 자물쇠들이다. 비바람과 햇볕에 녹슬고 바랜 모습은 아마도 많이는 꼭 잠기지 못했을 사랑의 흔적이다. 음식 먹기 전에 사진을 그렇게 열심히 찍어대는 것을 보면 우리는 뭔가 흔적을 간직하고 싶어 하는 존재들이다. 흔적은 그렇게 기억을 보호하기도 하고, 우리가 모르는 사이에 여기저기 남기도 한다. 결국 흔적을 없애려는, 추적하는, 남기려는, 기억하려는 일들 사이에서 세상은 흘러가고 있다.

사람에게 가장 중요한 흔적은 기억이다. 어제도 오늘도 내가 나일 수 있는 것은, 내가 기억으로 가지고 있는 흔적 때문이다. 영화 〈스틸 앨리스〉는 알츠하이머병으로 기억을 잃어가는 주인공 앨리스에 관한 이야기다. '비록 기억을 잃어 몰라보지만, 당신은 여전히 내가 사랑하는 앨리스입니다'라는 의미가 담긴 제목이 안타깝다.

영화 〈콜 미 바이 유어 네임〉에서 아버지는 자신의 보조 연구원으로 찾아와 여름을 지냈던 청년과 열일곱 살 아들이 사랑에 빠진 것을 알고 있었다. 그는 이별의 아픔에 헤매는 아들 곁에 앉아 얘기를 전한다. 지금 겪는 슬픔과 고통을 없애려 하지 말고 네가 느꼈던 기쁨의 기억과 함께 간직하라고. 느끼지 않으려 하면 마음이 닳아 없어진다고. 아들은 아버지에게 다가와 머리를 기댄다. 그 이별과 위로의 흔적은 아들이 앞으로 살아갈 큰 힘이 될 것이다.

나무는 매년 꽃을 피우고 잎을 떨구는 생활을 그냥 반복하는 것 같지만 줄기 속에 한 해의 흔적을 나이테로 단단히 쌓고 있다. 나는 생각한다. 나도 다만 지구의 한순간 잠시 스쳐 지나가는 존재이겠지만 어딘가에, 누군가에게는 좋은 흔적으로 남으면 좋겠다고.

띄어쓰기의 어려움

우리말의 어떤 단어는 띄어 쓰고, 어떤 단어는 붙여 쓴다. 초등학교 저학년 때부터 띄어쓰기를 배운다. 어떻게 붙여야 글자가 서로 도움을 주고, 어떻게 띄어야 글자들이 그 사이에서 숨을 쉬는지 알아야 했다. 지금껏 배운 외국어 중에서 띄어쓰기를 신경 써야 하는 말은 없었다. 일본어나 중국어는 그냥 대부분 단어를 붙여 쓰고, 영어를 쓸 때는 반대로 단어마다 띄우면 되었다.

언어의 띄어쓰기는 거리두기와 통했다. 코로나 유행 시기에 한국이 돋보인 이유는 서로 적절히 띄우면서도 필요하면 곁에서 도왔기 때문이다. 어떤 나라들처럼 봉쇄한다며 무조건 띄우거나, 괜찮다며 다닥다닥 붙어 지내지도 않았다. 적절히 붙이고 띄우며 문장을 만들어 갔다. 단어 사이 만남이 어색할 때면 중간에 사이시옷이 슬며시 들어오는 것이 우리말이 가지는 특색이다.

주말에 동해안으로 가족여행을 다녀왔다. 해변 한쪽에 바다 구경하기에 좋은 바위가 있었다. 오를 때는 잘 몰랐는데 내려올 때 보니 바위에 물기가 있어 좀 미끄러웠다. 넘어지지 않도록 딸의 손을 잡고 내려오다가 오히려 그게 더 위험하다는 것을 알았다. 손을 잡으면 의지는 되지만 그 손으로 다른 대비를 할 수 없다. 손을 놓고 각자 적당한 바위를 잡고 발 디딜 곳을 스스로 선택하여 내려오는 게 훨씬 나았다. 우리말 맞춤법에서도 의존명사는 띄어 쓰는 것이라 배운다. 서로 의존하는 사이일수록 오히려 적절한 띄어쓰기를 생각해야 한다.

가족이란 별자리 같은 존재다. 멀리서 보면 옹기종기 모여 곰이니 천칭이니 사자니 하는 모양을 이루고 있지만, 수백 광년 아득한 거리만큼 서로 떨어져 있는 게 별자리다. 밤하늘의 별이 아름답게 보이는 것은 서로 적절한 공간을 두고 떨어져 빛나서 그렇다. 자연의 띄어쓰기는 그 자체로 충분하다. 별과 별 사이 그 먼 거리도 우주의 시각에서는 균형을 유지할 만큼 충분히 가깝다. 꽃의 암술과 수술 사이 거리는 꽃의 시각에서는 곤충이 도와 열매를 맺도록 충분히 먼 거리다.

띄어쓰기는 쉽지 않다. 띄어 써야 할 단어를 자꾸 붙여 쓰고, 붙여야 할 단어를 띄우기도 한다. 삶을 글쓰기라고 한다면 거리를 띄우고 붙이는 퇴고의 과정도 사는 일의 중요한 부분이다. 서로의 적절한 거리는 얼마나 띄어야 될까? 띄어쓰기는 정말 쉽지 않다.

의무가 앞서는 자격

국어시험에 곧잘 나오는 문제가 있었다. '~로서'와 '~로써'의 구별 문제. '~로서'는 자격을, '~로써'는 수단을 나타내는 말이라서 '판사로서 재판하고 판결로써 결론을 낸다'와 같이 써야 맞다. 그런데 '부모로서'라는 말이라면 느낌이 좀 다르다. 자격이라기보다는 의무에 훨씬 가깝게 느껴진다.

모든 동물은 양육의 본능을 가진다. 강추위 속에서 수개월 굶으며 알을 품고, 수십 킬로미터 거리에서 먹이를 구해오는 펭귄만 그런 것이 아니다. 거의 모든 동물은 새끼가 스스로 먹이를 챙겨 먹고 살 수 있도록 돌보며 가르친다. 어미 사자는 아기 사자에게 가젤을 어떻게 사냥하는지 가르치고, 어미 가젤은 아기 가젤에게 사자의 접근을 빨리 눈치채고 피하는 법을 가르친다. 인간의 양육 과정은 그보다 훨씬 길고 복잡하다. 제대로 걷는 데만 대강 1년, 말과 글을 배우는데 또 몇 년, 그렇게 성년이 되기까지 대략 20여 년이 필요하다. 그리고 동물처럼 '자, 내가 하는 것 잘 보고 따라 해' 하는 식으로 키울 수도 없다. 전통 기술을 물려주는 장인이거나 노포 식당의 주인이라면 몰라도.

자식 농사라는 말이 있다. 양육을 농사에, 부모를 농부에 비유하는 말이다. 농부가 때맞춰 물과 거름을 주고 잡초 뽑고 가지를 쳐내며 과실을 얻듯, 정성을 다해 자식을 키우면 좋은 수확을 얻는다는 의미겠다. 좋은 수확의 기준은 흔히 좋은 대학에 들어가고 고수익의 안정된 직업을 갖는 것이라서, 요즘 자식 농사의 트랜드는 일찌감치 전문 농부들을 잘 섭외하여 맡기고 관리하는 게 중요 요소가 되어버렸다.

농사의 관점에서 성공 여부는 수확하는 농부가 판단한다. 식물이 잘 자랐더라도 농부가 바라던 바와 다르면 농부는 실패한 농사로 여긴다. 그러나 식물은 농부를 위해 태어나 자라는 것이 아니다. 농부가 보기에 예쁘지 않은 꽃을 피우고, 원하지 않는 열매를 맺더라도, 자연은 그 식물의 가치를 당도 높은 식용 열매를 맺는 나무와 비교하지 않는다. 사실 키우면서 어떤 식물로 자랄지 농부도 잘 모르는 것이 자식 농사다.

그래서 농부가 해야 할 일은 정해져 있다. 식물이 잎을 내고 햇빛을 받아 자연과 잘 어울리고, 안 좋은 환경도 극복하며 성장할 수 있도록 돕는 일이다. 모든 식물이 느끼는 즐거움은 건강한 성장과 번식에 있다.

자식은 수확의 대상이 아니다. 부모가 자식을 키운다지만, 부모로서 할 일은 자식이 타고난 기질과 심성을 세상에 드러내고, 자신을 사랑하며 성장할 수 있도록, 앞으로 어떤 열매를 맺건 자주 행복하며 건강하게 자라도록 하는 일이다. 내가 생각하는 자식 농사는 그런 뜻에 가깝다.

삶은 패스를 주고받는 게임

아침에 일어나서 시작하는 하루는 어제의 내가 패스한 시간이 아닐까 하는 생각을 해본다. 비몽사몽 패스받은 시간을 몰고 나가 이리저리 뛰다 보면, 어느덧 내일의 나에게 시간을 패스해야 할 밤이 찾아온다. 시간을 잘 패스해 보내는 것이 밤에 할 일이라면, 엉뚱한 곳에 질러놓았을 때 내일의 내가 고생하겠다. 그렇게 자주 후회하고 가끔 기대하며 밤과 아침 사이 패스가 연속되는 삶을 살아간다.

자연의 순환이란 곧 패스의 연속이다. 구름은 땅을 향해 빗방울을 패스한다. 땅은 빗물을 하천과 강으로, 강은 바다로 패스하며 생명을 품는다. 바다가 몸을 뒤척여 구름으로 물기를 올려보내면 패스는 구름에서 다시 출발한다. 사람의 진화도 패스의 과정이 아니었을까? 구석기인은 신석기인에게, 신석기인은 다시 청동기와 철기인에게 경험과 지식을 패스해 왔다. 사랑과 미움, 다툼도 화해도 상대방에게 마음을 패스하는 일이라서, 삶은 결국 이런저런 패스의 연속이다.

내가 가진 것 중 패스하면 좋을 것은 어떤 걸까? 사랑이나 배려의 마음, 혹은 외로움 같은 것. 혹시 주변에 나처럼 패스할 곳을 찾고 있는 이가 있지는 않을까 생각해 본다. 수비수에 둘러싸여 이러지도 저러지도 못할 때, 내가 기꺼이 패스받아 수비수를 흩트리고 다시 공을 주고받으며 나아갈 수 있지 않을까? 삶이라는 경기장에서 골을 얼마나 넣느냐는 중요하지 않다. 다른 이와 패스를 주고받으며 즐겁게 뛰어다니면 된다. 혼자만 공을 몰고 다니려 하면 수비수의 집중 견제를 받게 된다. 주위를 잘 살피고 필요한 곳에 패스를 보내야 나중에 다시 받고 뛰는 즐거움이 생긴다.

경기장을 힘차게 달리다 보면 금 밖에서 선수 교체 푯말에 내 등번호가 불 켜지며 나를 부를 때가 언젠간 온다. 그러면 아직 뛰고 있는 선수들에게 박수를 보내고 성원해 준 관중들에게 손을 흔들며 기쁘게 경기장에서 나오면 된다. 그때까지는 선수로 뛰고 있는 것에 감사하며, 내일의 내가 하루를 잘 시작할 수 있도록, 다른 이들과 즐겁게 뛸 수 있도록 좋은 패스를 먼저 보내는 일부터 시작해야겠다.

사람마다 다른 체감 고통

코로나 시절, 회사건 식당이건 어딘가 들어가기 위해서는 하루에도 몇 번씩 체온을 재야 했다. 그동안 살면서 그렇게 매일 같이 체온을 재본 적은 없었다. 지금처럼 손목을 대는 방식이 아니라 겨드랑이로 체온계를 한참 데워 체온을 재던 시절이라면 어떻게 일일이 체온을 쟀을까 싶다.

체온으로 무엇인가 진단할 수 있는 이유는 사람이 항온 동물이라 그렇다. 덥거나 추워도 정상 범위에서 좀처럼 크게 오르내리지 않고, 땀을 내거나 피부 혈관을 축소하여 체온을 지킨 덕분에 사람은 지구 곳곳에 퍼져 살아왔다. 포유류나 조류도 항온 동물이지만, 털이나 깃털로 체온을 보존하는 그들과는 달리 사람은 옷을 만들어 입고 불을 피워가며 추위를 견뎠다.

겨울이면 일기예보에서 체감 온도라는 말을 자주 쓴다. 겨울의 체감 온도는 바람 세기에 좌우되는데, 같은 바람이라도 낮은 기온에서 체감 온도를 더 낮춘다. 이를테면 초속 10미터 바람은 영상 5도를 체감 0도로 낮추지만, 같은 바람이 영하 10도에서 불면 체감 온도를 영하 20도까지 낮춘다. 그렇게 추운 날씨에 부는 바람은 더 차갑게 느껴지는 살을 에는 칼바람이 된다.

체감되는 온도는 사람마다 다르다. 같은 온도라도 엄청 춥게 느끼는 이가 있고 그렇지 않은 이도 있다. 지구에서 가장 춥다는 러시아의 오이먀콘 사람들은 영하 50도의 날씨에서도 그럭저럭 살아가는데, 대만에서는 영상 10도 아래로 내려가면 대단한 한파라서 영상의 기온에도 백여 명이 추위로 사망했다는 뉴스가 나올 지경이다. 누구에게나 갑자기, 처음 겪는 고통은 무척 견디기 힘든 일이다. 그래서 '그런 정도를 가지고 뭘 그리 힘들어해?'라는 말은 누구에게라도 함부로 쓰면 안 되는 표현이다.

평생 듣도 보도 못한 일들이 많이 일어나는 세상이다. 대비할 겨를도 없이 역병, 고금리, 경기 침체의 거친 바람이 불어

닥치면서, 일상의 체감 온도가 뚝뚝 떨어진다. 일상의 바람과 추위는 개인이 처한 상황에 따라 많이 다르게 체감된다. 세상에 어찌어찌 견뎌지는 추위가 있지만, 사람에 따라 정말 답이 안 나오는 추위를 겪기도 한다. 체온 유지는 개인의 일이지만 일상 유지는 공동의 일이라서, 인간이 항온 동물로서 체온을 유지하듯, 공동체의 온도 역시 항온을 지켜야 한다.

자연은 평균으로 수렴한다. 높은 곳에 있는 물체는 낮은 곳으로 내려가서 그곳을 채우고, 농도가 짙으면 옅은 곳으로 퍼져가며, 주변과 온도 차가 있으면 온도를 서로 주고받아 맞추게 되어있다. 따뜻한 눈물 한 방울은 낮은 곳에 흘러 모이고, 진한 연대는 주위로 퍼질 것이다. 뜨겁고 차가움이 덜한, 최소한의 미지근함을 갖추어 가는 사회가 항온 동물로서 사람이 추구해야 할 사회가 아닐까?

시간은 나는 게 아니라 내는 것

건강이 좋지 않아 회사를 그만두었던 후배가 있었다. 몸이 나아져서 새 직장을 찾는다고 해서 이런저런 조언을 해줬다. 그러고는 괜찮은 직장을 구했다고 해서 축하해 준 지도 꽤 지났었다. 그런 그가 카톡을 보내왔다. 이제 업무 관계로 우리 회사 근처에 가끔 올 일이 있을 거라고. 그럼 얼굴이나 한 번 보자고 했더니, 일정에 따라 계속 움직여야 해서 비는 시간이 아마 없을 거라고 바로 답이 왔다. 그래? 그렇다면 할 수 없지, 하고 답장을 보내면서도 내심 서운한 마음이 가시지 않았다.

시간은 좀처럼 빈틈을 보이지 않는다. 비는 시간은 일정을 주물럭거려서 그 공간을 어찌어찌 만들어 내야 가능하다. 시간은 저절로 '나는' 것이 아니라 무언가를 위해 '내는' 것이다.

"내가 좀 바빠서 볼 시간이 잘 안 나네." 가끔 이런 말을 듣는다. 사실, 살면서 너무나 바빠 도저히 하지 못하는 일은 잘 없다. 대개는 우선순위에서 밀린다는 뜻, 다른 일을 조정하면서까지 시간을 낼 정도는 아니라는 말이다. "제가 선약이 있어서요" 할 때도 선약은 단순히 시간 순서로 이야기하는 것이 아니다. 사장님이라던가, 관심 두고 있는 이성이 연락하면 그 약속은 시간순에 상관없이 곧바로 선약으로 탈바꿈한다. "내가 너무 정신없어서 연락도 못 했네"라는 말도 듣는다. 정말 정신이 없다면 정상적인 사회생활을 못 하고 있을 텐데 멀쩡히 잘하고 있는 걸 보면, 그 말은 다른 일들에 정신을 쏟느라 나에게까지 정신을 쏟지 못한다는 뜻일 테다.

오후에 그 후배에게서 다시 연락이 왔다. 내일 우리 회사 근처에 올 일이 생겼는데 괜찮으면 같이 점심을 하자고 했다. 나에게도 선약이 있었지만, 조정할 수 있는 약속이라서 후배와 만나기로 했다. 서운했던 마음이 후배의 연락 때문에 조금 풀렸다.

관계는 기대와 충족의 함수이다. 나의 기대치를 빼고 보면 수많은 세상 사람 가운데 어쨌든 내게 말이라도 걸어 주는 이가 있다는 사실만으로 참 고마운 일이다. 관계는 기찻길과 같아서 운행 없이 오래 방치되면, 철로에 풀이 점점 자라고 철길은 녹이 슬게 마련이다. 카톡 대화창을 밀어 내려보면 저 한참 아래에서 만나는 이름들이 있다. 얼마 이상 대화창을 쓰지 않으면 카톡에서 한번쯤 상기시켜 주는 기능이 있으면 좋겠다. 잠시 시간을 내어 카톡으로 안부라도 건네면 어떨까 하는 생각이 들었다. 철길이 어느 정도 멀쩡해야 다시 기차를 보내거나 레일 바이크를 만들거나 할 수 있으니까.

로또 3등의 행복

친구에게서 카톡이 왔다. 지난주에 산 로또 복권이 1등과 숫자 하나만 달라서 3등에 당첨되었다고 했다. "우와, 축하한다"고 메시지를 보냈다. 여섯 개 숫자 중 다섯 개를 맞춘 것이니 적어도 몇천만 원을 받는가 했는데 생각보다 당첨금이 적었다. 123만 원에서 세금 빼면 실수령액은 96만 원 정도라고 했다.

그날 저녁 그 행운의 주인공을 만났다. 이번 회차 로또 1등 당첨금은 32억 원이었단다. "숫자 한 개만 더 맞았어도 너랑 이제 연락 안 하고 지내는 건데 말이지" 하며 친구가 웃었다. 생각지도 않던 돈이 생기긴 했다지만 표정에서 아쉬움이 묻어나는 것은 어쩔 수 없었다. 로또 복권 3등에 당첨될 확률은 0.003% 정도 된다. 1등 확률보다야 훨씬 높지만 10만 명

중 3명의 확률이니 보통 운이 아니고서는 되기 어려운 일이다. 일생에 한 번 일어날까 말까 하는 행운인데도 '번호 한 개만 더 맞았더라면'이라고 생각하면 기쁨보다는 아쉬움이 훨씬 크겠다. 왠지 그 친구가 저녁을 살 것이 아니라 내가 위로주라도 사 줘야 하지 않나 하는 생각이 드는 밤이었다.

요즘 자주 등장하는 광고가 있다. 청소대행업체 광고인데 내용이 이렇다. 한 여자가 시무룩하게 거실에서 청소기를 터덜터덜 밀고 간다. 그러다가 화면이 바뀌면 청소기가 강아지로 변하면서 그녀는 밝은 표정으로 강아지를 앞세우고 공원을 산책한다. 그때 흐르는 멘트 "청소할 시간에 강아지랑 산책하고…" 또 한 남자는 세상 피곤한 얼굴로 테이블을 걸레로 닦고 있다. 화면이 바뀌면 걸레가 드립 포트로 변하면서 그는 해맑은 미소로 커피를 내린다. "청소할 시간에 커피를 내리고…"라는 멘트가 뒤를 잇는다.

그런데 광고를 가만히 보면 집이 참 괜찮다. 거실도 널찍하고 창밖 경치도 꽤 좋다. 그냥 살게만 해줘도 좋을 것 같은 집인데 청소기 돌리고 걸레질 좀 한다고 표정이 그렇게들 안 좋다. 오히려 초인종을 누르고 청소하러 들어온 청소대행업체 아주머니 표정이 훨씬 더 밝고 행복해 보인다. 가진 것에는 금방 적응하여 당연하게 여기고, 가지지 못한 것을 바라며 사는 삶이라면, 원하는 것을 계속 얻더라도 즐거울 수 있을까? 비교하다 보면 항상 더 나은 것이 있고, 더 부유한 사람이 있을 것이니 현실이 마음에 찰 리가 없다.

로또 3등에 당첨된 친구는 매주 복권을 산다. 5천 원어치를 사는데 그때마다 식구들 기념일로 만든 숫자 조합 하나는 꼭 포함시킨단다. 그래서 매주 복권을 꼭 사야 한단다. 혹시 한 번이라도 복권을 안 샀을 때 그 번호 조합이 1등이라면 바로 쓰러질 일이 아니겠냐고. 어쨌든 그러다가 그 번호는 아니지만, 자동 생성 번호에 걸려 3등이라도 당첨되었으니 잘 되었다. 다음엔 꼭 2등 하라고 행운을 빌어주고 같이 저녁을 나누면서 우리는 행복했다. 저녁 계산은 그 친구가 했다. 더 행복했다.

추억은 아웃포커싱

인스타그램이나 블로그를 보다 보면 세상에 내가 몰랐던 좋은 곳들이 정말 많다고 느낀다. 풍광이 멋지고 건물 장식이 그럴듯하게 아름답다. 그런데 막상 그곳에 가보면 사진과는 참 많이 다르다. 도대체 여기가 거기 맞나 싶다. 그때마다 사진은 그대로 믿을 게 못 된다는 진리를 새삼 느끼게 된다.

대상을 실제보다 예쁘게 찍는 사진 기술의 대표로 아웃포커싱 기법이 있다. 아웃포커싱은 심도를 낮춰 주위를 흐리게 하고 목표하는 대상만 선명히 돋보이게 하는 사진 촬영 기법이다. 실제 눈으로 보는 것과는 다른 비현실적 모습인데도 대상만 또렷하니까 대상이 더 멋져 보인다. 반대로 실제 눈으로 보는 것처럼 골고루 초점이 맞게 촬영하는 기법을 팬포커싱이라고 한다. 그래서 뉴스 같은 보도자료는 보통 팬포커싱으로 두루두루 선명하게 찍는다.

아웃포커싱의 아름다움은 주변의 희생으로 얻어진다. 한 송이 꽃에 초점을 맞추는 순간 주위의 다른 꽃들은 배경이 되어 흐려진다. 한 아이의 얼굴에 초점을 맞추고 사진을 찍으면 주변 아이들의 얼굴 표정 역시 희미하게 뭉개진다. 대상을 더 도드라지게 하기 위해 주변을 흐리게 하는 방법. 어찌 보면 아웃포커싱은 주변 사람들을 슬며시 무시하거나, 관심을 두지 않는 요즘 세상과도 닮았다.

활짝 핀 꽃 주위엔 아직 덜 핀 꽃들도 있고, 시든 꽃들도 있겠지. 어떤 사람 주변엔 저마다 각자 표정을 짓고 있는 다양한 사람들이 있겠지. 사실 요즘 편집 기술은 사진에 보기 싫은 것을 표나지 않게 다 지워버리기까지 한다. 그런 걸 보면 이 정도는 괜찮다 싶기도 하지만, 아웃포커싱만큼 팬포커싱도 필요하다. 어느 하나도 덜어낼 수 없는, 모든 게 다 사랑스럽고 소중하게 다가오는 때가 있다.

사진에 배경까지 뚜렷하게 다 담아도 어차피 기억은 기억할 만한 것만 자동으로 아웃포커싱한다. 첫사랑의 모습은 희미한 배경 속에서 또렷하고 환하게 도드라진다. 어느 때, 어느 곳을 떠올려도 흐릿한 뒷배경을 뒤로한 채 기억 속에서 선명한 표정으로 올라온다. 우리가 기억하는 모습은 사진 속이 아니라 추억 속에 남는다.

믿고 맡긴다는 의미

"안녕하세요. 제가 이번 달 말까지만 근무하게 되었습니다." 다니는 미용실 부원장께서 단체 메시지를 보내왔다. 누구에게는 그런가 보다 하며 지나갈 수 있는 소식이겠지만 나에게는 그렇지 않았다. 세어보니 24년. 첫 직장 시절부터 계속 내가 머리를 맡기던 분, 브랜드 미용실 명동점 한 곳에서만 오래 계셔서 이제 부원장이 된, 흔치 않은 경력을 가진 분이다. 하긴 그동안 을지로, 강남, 여의도로 회사를 옮겨 다니면서도 명동에 있는 미용실 한 곳만 줄기차게 다닌 내 경우도 흔하진 않겠다.

긴 세월 한 달에 한 번 이상 만난 셈이니 가족 빼고는 그렇게 오래 자주 만난 이가 없어서, 우리 애들보다 오래 만났고, 고향에 계신 부모님보다 자주 만났다. 서로 사회생활 신입 언저리에 만나 지금까지 이어진 인연. 물론 내가 잠시 한눈을 팔기도 했다. 십여 년 전 명동 근처에 있던 회사가 강남으로 이사했을 때, 집과 회사에서 모두 거리가 있는 명동을 떠나 이참에 강남권 미용실로 옮겨보려 했었다. 그러나 커다란 통유리와 밝은 조명의 몇몇 미용실에서 "어떻게 해드릴까요?" 하는 물음에 갈 때마다 답해야 했고, 그동안 듣지 못했던 염색을 하라느니 두피 케어를 받으라는 말을 반복해서 들어야 했다. 머리 깎으러 갔을 뿐인데 손 관리를 받으라고 해 뜨거운 파라핀 액에 손을 담그고 나서, 그 뜨거운 기운이 채 식기도 전에 나는 결심했다. '나, 다시 돌아갈래~'

둘 다 과묵한 편이라 긴 세월 별 대화도 없이 지냈지만 오랜 시간이 만들어 온 믿음이 있다. 알아서 해주세요, 라는 말도 필요 없이, 앉으면 그냥 깔끔하게 해드리면 되죠, 하며 스르스륵 가위질이 시작되었다. 다니는 동안 한겨울 미용실 보일러 고장으로 얼음물에 머리도 감아보고, 가르마 방향을 바꿔보기도, 머리를 볶아보기도 하면서 미용실 똑같은 거울에 비친 내 모습도 많이 변해왔다.

믿고 맡기는 일에 대해 생각했다. 머리를 맡기는 것처럼 무엇인가 그냥 믿고 맡기는 경우가 내 삶에 얼마나 될까. 다른 이에게 무엇이든 의존해야 살아갈 수 있는 세상에서, 이것저것 재거나 의심 없이 믿음을 줄 수 있는, 생각과 좀 다른 결과에도 그런 이유가 있겠지 하며 받아들일 수 있는 이가 얼마나 될까. 살다 보면 항상 힘든 일이 있게 마련인데, 그 몫을 나누어 맡기는 일이 많을수록 삶은 좀 더 편안해지겠다.

'이제 이 미용실도 마지막인가' 하며 작은 선물을 준비해서 미용실을 찾았다. 그동안 아무리 별로 얘기를 안 하고 지낸 사이라도 그렇지, 전혀 귀띔도 없었는데 갑자기 무슨 일이냐 물으니, 여기 미용실은 떠나지만 일을 그만두는 것은 아니라 했다. 이제 미용실을 차릴 것이라며 장소를 알아볼 동안 지인이 운영하는 샵에서 잠시 도와줄 계획이라고, 그쪽으로 올 수 있느냐고 물었다. 들어보니 거리는 좀 되었지만 갈만했다. 적어도 머리만큼은 믿고 맡길만한 곳이 계속 있게 되어 기뻤다. 준비한 이별 선물은 새 출발에 대한 응원의 선물이 되었다.

거슬리는 사랑

"후루루루루룹." 오늘도 또 시작이다. 뜨거운 커피를 소리 내어 마시는 소리가 등 뒤에서 들려온다. 신경을 쓰지 않으려 할수록 반복되는 소리는 귀에 더 거슬렸다. "후루루루루룹." 그냥 여러 소리 중 하나라고 생각하자. 반복되는 커피숍 안의 치이이이익하는 커피머신 소리나 탁탁탁탁 커피 찌꺼기 털어 내는 소리나 마찬가지 소음 아닌가.

"후루루루루룹." 그렇게 생각하려 해도 모든 소리를 뚫고 들려오는 그 소리는 귀를 계속 자극했다. 회사 근처 커피숍에서 보내는 이른 아침 시간은 책 읽고 글도 쓰며 하루 중 유일하게 혼자 보내는 소중한 시간이다. 그런데 며칠 전부터 아침 그 시간마다 뒤편에 앉기 시작한 이의 소리가 유난히 또렷하게 들리면서 귀에 거슬렸다.

거슬린다는 것은 쉽게 익숙해지지 않는다는 뜻이다. 귓전에서 앵앵거리는 모깃소리나 옷에서 툭 삐져나온 실오라기 같은 것, 밝은색 옷의 작은 얼룩이나 안내문의 오탈자 같은 것, 영화 〈기생충〉 속 반지하 냄새 같은 것도 그랬을까. 거슬리는 것을 대하는 법은 세 가지, 없애거나 피하거나 받아들이거나. 보통 가능하면 없애버리려 한다. 불을 켜고 모기를 끝까지 찾아 없애려 하거나 옷에 삐져나온 실오라기를 무의식중에 확 당기는 것처럼, 〈기생충〉의 슬픈 결말처럼.

거슬리는 일은 사람마다 서로 다르다. 어떤 이에게는 버릇없는 젊은이가, 잘난 체하는 연예인이, 서투른 종업원이, 끼어들려는 운전자가 거슬린다. 도자기 장인에게는 가마에서 꺼낸 도자기의 미세한 흠집이 거슬리고, 나치에게는 유대인이 눈에 거슬렸다. 무엇을 얼마나 거슬리게 느끼고, 그 거슬리는 것을 어떻게 대하는가 하는 것은 그 사람의 많은 부분을 말해준다.

어떤 거슬리는 일은 사람의 마음을 불편하게 하고, 삶의 속도를 멈추게 만들기도 한다. 비약하자면 어떤 사랑이나 연민은 이 불편한 거슬림과 멈칫거림에서 시작되기도 한다. 거슬린다는 것은 새롭게 다가오는 낯선 자극이다. 상대의 행동과

말투가 자꾸 마음에 걸리고 붙들어서, 그 거슬림의 정체를 헤아려 보고 받아들이며 시작되는 사랑의 속성과 닮았다. 어떤 이가 이름 모를 아프리카 어린이를 위한 기부를 시작하는 일도 그 아이의 삶이 마음에 거슬려서 그런 것이다.

다음 날 아침에는 커피숍에서 다른 곳으로 자리를 옮겨 앉았다. 창가 자리에 앉으니 테이블이 높아서 글쓰기에 편했고 바깥 풍경을 바라보기도 좋았다. 무엇보다 더 이상 후루룩 소리가 들리지 않아 좋았다. 문득 세상에 거슬리는 일이 너무 없는 것도 문제가 아닐까 하는 생각이 들었다. 만약 주위에 거슬리는 일이 별로 없다면 도대체 나의 감각 세포는 제대로 작동하고 있는 건지, 아니면 내가 거슬리는 것을 그냥 없애버리며 사는 것은 아닌지 생각해 보아야 하지 않을까.

어둠의 감각

새벽이나 저녁같이 바깥이 어두울 때는, 창밖을 바라봐도 유리창에 밝은 실내 모습이 반사되어 바깥이 잘 보이지 않는다. 밝은 곳에 익숙해진 눈으로는 어두운 곳에 있는 사물을 구별하기 어렵다. 반면 저녁에 퇴근하면서 어두운 거리로 들어가 보면, 통유리 카페나 상점 쇼윈도를 통해 보이는 밝은 내부가 너무도 선명하게 눈에 띈다. 동화 속 성냥팔이 소녀가 생의 마지막에 바라본 집, 베짱이가 추위에 떨며 들여다보았던 개미네 집이 그러지 않았을까? 빛과 어둠에 온도의 개념은 없겠지만, 빛은 어딘가에 담겨 따뜻하게 보이고, 어둠은 빛 주변으로 흩어져 왠지 춥게 느껴진다.

내 생활이 밝을 때는 다른 이의 어둠이 잘 눈에 띄지 않는다. 밝음에 익은 눈에는 어둠은 그냥 컴컴하게만 보인다. 어둠 속에 있는 많은 사물은 같이 어둠 속에 몸을 담가야 비로소 제 모습을 드러낸다. 어두운 길에 천천히 적응하며 한참 걷고 나면 알게 된다. 어둠은 솔직함과 통한다는 것을, 어둠 속에서는 시각 외에 다른 모든 감각이 더 예민해지며, 사람의 마음도 마찬가지로 어둠 속에서 더 열린다는 것을.

세상 중요한 것들은 어둠 속에 있다. 나무는 깊고 어두운 땅속에 뿌리를 제대로 뻗어야 잘 성장하고, 태아를 키우고 씨앗이 발아하는 일에도 어둠이 필수적이다. 우주의 대부분은 어둠 속에 있고, 심장은 오늘도 어둠 속에서 열심히 뛰고 있다. 어둡다는 말은 주로 부정적 비유 표현으로 쓰이지만, 어둠은 밝음과 다른 가치를 지닌다. 어둠에서 알아낼 것이 앞으로 점점 더 많아질 것이다.

사람의 감각기관 중에 스스로 열고 닫을 수 있는 기관은 눈과 입뿐이다. 그것은 가끔 눈을 감아보고, 말을 닫고 조용히 어둠을 느껴보라는 뜻이 아닐까 생각해 본다. 세상에는 밝혀서 볼 수 있는 것보다 컴컴한 어둠 속에서 볼 수 있는 것이, 더 많다.

티 내는 일

꽃시장에서 손바닥만 한 나무를 발견했다. 요구르트 빨대만큼 가는 줄기에 윤기 있는 초록 잎을 가진 작은 나무, 커피나무라고 했다. "키우면 정말 커피가 열려요?" 혹시 잎에서 커피향이라도 나는지 맡아보며 물었다. "한 5년만 잘 키우시면 꽃이 피고 열매가 열려요." 말투에서 뭐 그런 것까지 기대하냐는 듯한 느낌이 들었는데, 하긴 나도 지구 반대편 어디쯤에서 건너왔을 이 작은 식물을 그렇게까지 키워낼 자신은 없었다.

집에 와서 화분에 옮겨 심어 키우다 보니 커피나무 키우는 일은 생각보다 수월했다. 마치 아기 같다고 할까? 물 주는 때를 넘기면 잎을 축 늘어뜨리며 시들하다가도 '어이쿠, 얘가 왜 이래' 하며 물을 주면 금방 다시 잎을 번쩍 들어 올리며 생기를 찾았다. 배고파 울던 아기가 엄마 젖을 먹고 방글방글 웃는 모습이 떠올랐다.

스스로 티를 내어 돌봄을 구하는 일이 생존의 원리가 아닐까 생각했다. 꽃이 괜스레 피지 않고 벌레도 쓸데없이 울지 않듯, 제각기 티를 내며 열매를 맺고 짝짓기도 하며 살아간다. 아기가 바라는 게 있을 때 울음으로 표현하는 것처럼, 약할수록 티를 더 많이 내어야 할 일이다. 그런데 세상은 약한 이들이 티 내는 것을 받아들이는 것에 인색하다. 티 좀 내지 말라고, 왜 징징대고 떼를 쓰냐며, 날로 먹으려 하지 말라고 한다. 그냥 없는 듯 티 내지 말고 지내라 하며 업신여긴다. 업신여김은 '없이 여기다'라는 뜻이다.

자연에서 일부러 티 내지 않는 일도 있다. 보호색으로 위장하는 경우, 포식자에게 티를 내지 않고 숨을 죽여 생명을 지킨다. 사회에서도 무엇인가 위협을 느끼는 순간, 그처럼 티를 내지 않고 숨죽여 살아가게 된다. 티를 마음껏 내지 못하는 사회는 건강하지 않다. 약하고 힘들다면 티를 내고 그에 따라 적절한 처방이 주어져야 할 텐데, 어린 커피나무처럼 물만 잘 챙겨줘도 금방 기력을 차리고 힘을 낼 텐데.

아들을 갑작스런 사고로 잃은 아버지가 있었다. 그는 손자를 무척 아꼈던 부친에게 그 사실을 감추었다. 지병이 있어 위험하다고 생각해서, 명절 때마다 손자가 유학 가서 잘 지내고 있다고 둘러댔다. 그렇게 2년여가 지난 어느 날, 그는 부친에게 사실을 털어놓았는데, 부친은 이미 알고 있었다고, 혹시 네 마음에 짐이 될까 모르는 척하느라 너무 힘들었다고. 둘은 서로 부둥켜안고 한참을 울었다. 정혜신의 책《당신이 옳다》에 소개된 일화이다.

아픔이 있을 때는 가능한 한 티를 내고 위로받아야 슬픔이 멈춘다. 초코파이에 잘못이 있다면 '말하지 않아도 알아요'라는 광고 문구다. 정말로 말하지 않으면 좀처럼 잘 모른다. 내색한다는 말이 있다. 나의 색을 보여준다는 뜻이다. 누구를 사랑한다면 사랑의 눈빛만 보낼 것이 아니라 고백의 말과 행동으로 좋아하는 티를 한껏 내자. 내색을 잘해야 나중에 후회도 없다.

커피나무에 꽃이 피고 검붉은 열매가 열리는 모습을 그려본다. 그동안 지금처럼 마음껏 티 내면서 잘 자라면 좋겠다. 열매가 열리면 따서 말리고 잘 볶아 향기로운 커피를 내려야겠다. 좋은 잔에 담아 우아한 티를 마음껏 내며, 진한 향기를 당신과 함께 나눌 것이다. 5년만 잘 키워보자.

사흘의 슬픔

어린 내게 엄마가 심부름을 시켰다. "가게에 가서 계란 한 줄 사 오거라." 요즘에야 계란을 보통 한 판씩 사지만 그때는 그렇게 낱개로도 사고 그랬다. 별생각 없이 가게로 갔는데 계란판 앞에서 나는 당황했다. 분명 엄마가 한 줄이라고 했는데 계란판의 가로와 세로 개수가 달랐다. 그래서 다섯 개를 샀는지 여섯 개를 사 갔는지 기억이 나지는 않지만 내가 사 온 것을 보더니 엄마는 왜 그만큼만 사 왔냐고 했다. 그때는 몰랐다. 계란 한 줄이 계란 열 개를 말하는 단위라는 걸.

낯선 법률 용어들. 이를테면 탄핵, 인용, 기각, 구상권 같은 단어가 뉴스에 나오면 등장하던 포털사이트 검색어 순위에 갑자기 '사흘'이 올라왔다. 임시공휴일로 연휴가 3일인데 기사에 사흘이라는 말로 등장해서 그렇단다. 사흘을 4흘로 이해해서 연휴가 4일이라고 착각한 이들이 의외로 많았단다. 흔히 쓰는 말이라 생각했기에 나는 오히려 그런 해석이 더 놀라웠다.

언어는 생명체처럼 시간이 지남에 따라 사라지고 새롭게 만들어진다. 좀 이상하다 싶었던 말도 널리 쓰이면 표준말로 흡수된다. 사흘이라는 말은 멀쩡히 살아있는 단어인 줄 알았는데 그렇지 않았나 보다. 사실 하루, 이틀까지는 몰라도 이레, 여드레, 아흐레 정도는 나도 낯설다. 줄넘기할 때 숫자를 셀 때도 처음에는 하나, 둘로 시작해서 쉰, 예순 정도를 넘어서면 세기 힘들어서 칠십, 팔십 하는 숫자 셈으로 바꾸어 세어지곤 했다.

사흘을 이해하지 못하는 경우처럼, 갓생이나 인싸, 덕후 같은 말을 알아듣지 못하는 이 또한 많다. 세대 간에 사용하는 말이 다른 것을 가지고 뭐라 할 일은 없다. 사흘이라는 뜻을 몰랐다고 해서, 계란 심부름처럼 다시 다녀와야 하는 수고스러움조차 없다. 휴일은 쉬면 되고 사흘의 뜻은 이 기회에 알면 된다.

다만 우리말이 조금씩 사라지는 것이 안타깝다. 이미 절판

된《우리말 갈래 사전》을 최근 어렵게 구했다. 그 안에 있는 3만 6천 개 우리말도 예전에 한창 쓰이던 시절이 있었겠다. 멸종위기 생물처럼 말은 한 번 사라지면 역주행은 쉽지 않다. 말은 그 뜻으로만 의미 있는 것은 아니라서, 우리말의 어여쁜 정서가 점점 사라지는 것이 못내 아쉽다. 김광석의 〈서른 즈음에〉는 노랫말도 슬프지만, 나중에 그 제목이 무슨 뜻인지 모르게 돼 그냥 '삼십 정도에'라고 부르게 된다면 그것 역시 슬프지 않을까?

이해와 용납 사이

살다 보면 진심으로 이해는 되지만 용납하기 어려운 일이 있고, 도저히 이해할 수는 없더라도 그냥 용납해야 하는 일도 생긴다. 나에 대해서는 상대가 잘 이해하고 용납하길 바라지만, 실제로 이해와 용납 사이 간격은 꽤 있다.

회사 업무는 대부분 담당자가 그 일을 이해하고 용납해야 진행된다. 어떤 일을 이해시키기는 그리 어렵지 않다. 입장을 잘 알고 있기에 상황을 쉽게 이해한다. 실수나 과도한 요구도 하필 그때 일이 겹쳐 발생한 실수고, 해결이 어려우니 그런 요구도 하는구나 하며 이해한다. 그런데, 그렇게 사정은 이해하더라도 용납은 별개의 일이다. 담당자가 용납할 자격이 안 되는 경우도 많고, 쉽게 받아들였다가 뒷감당이 힘들어질까봐 그렇기도 하다. 그래서 회사 일에는 이해는 아주 잘 되는데 용납이 어려운 경우가 많다.

집안일은 회사 일과 다르다. 우선 대체 저들이 왜 저러는지 이해부터 안 된다. 하는 걸 지켜봐도, 하는 얘기를 들어봐도 마찬가지다. 사실 같이 밥을 먹고 놀며 잔다고, 그 시간에 비례해서 이해도가 높아지는 것은 아니다. 가족은 불문법 지대라서 그렇다. 집에서는 누군가가 이해할 수 없는 일을 벌일 때, 비난과 충고로 응답하는 순간 소통은 끝난다. 그 후로는 일방적 속풀이 시간이다. 그래서 집에서는 혹시 이해가 되지 않더라도 우선 용납이 먼저다. 상대방은 굳이 거듭 이야기하지 않아도 이미 잘 알고 있다. 잘잘못을 가리는 일은 나중에 해도 된다.

세상에 정말 쉬운 일이 남을 지적하는 일이다. 이해는 내려놓고 자기 기준에 용납되지 않는다고 내세우면 된다. 하지만 그런 일을 반복하다가는 언젠가는 한번 크게 탈이 난다. 삶은 무엇을 깎아내어 만드는, 한번 실수하면 다시는 이전으로 돌이킬 수 없는 나무 조각이기보다는, 조물조물 만져가며 모양을 빚어나가는 찰흙 덩어리에 가깝다. 서로 이해하는 마음가짐과 용납하는 여유를 가지고 천천히 모양을 다듬어 빚어 가는 삶이 되길 바란다.

불리는 일

새끼발가락에 티눈이 생겼다. 피부 한 부위에 마찰과 압력이 반복되면 굳은살이 뾰족한 모양이 되어 속살을 찌르는데 이게 티눈이다. 주변에 그런 사람 별로 없던데, 나는 새끼발가락에 주기적으로 티눈이 생겨서 걸을 때마다 아픔을 느끼곤 한다.

지난번 쓰고 남은 티눈 밴드를 감았다. 밴드에는 클렌징폼에서 각질을 없앨 때 쓰는 '살리실산' 성분이 들어있는데, 그 농도를 높여서 티눈 제거용으로 쓴다. 살리실산은 티눈 부위를 잘 불려서 피부와 티눈을 함께 떼어낼 수 있도록 하는데, 이름 그대로 피부를 '살리시'는 역할을 한다.

무엇인가 손질하기 전에 불리는 경우가 많다. 쌀이나 콩 같은 곡식이 그렇고, 밤을 깎기 전에도 그렇다. 목욕탕에 가면

탕에 들어가서 몸을 한참 불리고 나서 때를 민다. 단단한 껍질에 싸인 연꽃 씨앗도 물에 한참 불어야 껍질 사이로 싹이 나와 자라서 꽃을 피운다. 티눈도 마찬가지로 그냥 뜯어내려 덤비다가는 아프고 상처만 나면서 제대로 없어지지 않는다.

불리는 일은 사물을 풀어 부드럽게 한다. 한때 굳었던 마음도 시간에 담가서 불리면 서서히 풀어지는 경우를 본다. 불리는 시간 없이 마냥 서둘러 행동할 때, 우리는 '선'불리 한다고 말한다. 선불리 무엇인가 하다 보면 티눈을 그냥 뜯는 것과 같은 일이 벌어진다. 상처받고 아프고, 해결되지도 않는다. 다만 무엇이든 과하게 불리다 보면 불어 터지기도 하니까 주의해야 한다. 불어 터진 면발을 두고 난감했던 경험은 누구에게나 있다.

어젯밤 드디어 티눈을 떼어냈다. 살이 같이 떨어지는 통증은 좀 있었지만 더 이상 누를 때 느끼는 뾰족한 아픔은 없었다. 앞으로 그 자리에 새살이 돋아나며 상처는 아물어 갈 것이다. 하지만 시간이 어느 정도 지나면 아마도 비슷한 곳에 새로운 티눈이 또 나타나서 살을 찌를 것도 알고 있다.

산다는 것은 흐르는 시간 속에 무엇인가 꾸준히 불려 가는 일인지도 모르겠다. 무엇인가 만만치 않은 일이 생기고, 나만의 생각이 뭉쳐 굳기도 하고, 그러다가 뾰족해져서 콕콕 찌르기도 하겠다. 그런 신호가 나타나면 일단 불러 본다. 그것이 관계든 믿음이든 사랑이든 절망이든, 그러다 보면 조금 다루기 말랑해지고 어떻게든 결론이 나고, 새살이 다시 돋고, 아물지 않을까.

숨은 그림, 다른 그림

어린이 잡지나 신문에는 '숨은 그림 찾기' 코너가 있었다. 일상 풍경을 그린 그림 속에 주로 국자, 책, 모자, 양말, 우산과 같은 사물들을 숨겨 놓았는데, 처음에는 뚫어지게 살펴봐도 안 보이다가도 그림이 좀 눈에 익으면 숨어있던 사물들이 하나둘 눈에 띄기 시작했다. 하나씩 찾을 때마다 느끼는 뭔가 짜릿한 쾌감이 있었달까? 막상 찾고 나면 왜 지금껏 못 찾았을까 싶은 물건들이, 찾기 0.1초 전까지는 전혀 눈에 안 띄는 것이 숨은 그림 찾기의 묘미였다.

숨은 그림 찾기와 쌍벽을 이루는 찾기에는 '다른 그림 찾기'가 있다. '틀린 그림 찾기'라고 많이들 부르지만, 두 그림에서 서로 다른 곳을 찾는 것이라 다른 그림이라는 말이 맞겠는데, 아무튼 이것도 상당한 집중력이 필요한 게임이다. 그림은 숨은 그림보다 훨씬 단순하지만, 그림 두 개를 비교해 가며 서로 다른 곳을 찾는 것 또한 쉽지 않은 작업이라서, 만약 사람을 그렸다면 단추, 소매, 눈썹, 주름까지 꼼꼼히 살펴야 찾을 수 있었다. 숨은 그림 찾기와 비슷한 점은 이것 역시 찾기는 어렵지만 한번 찾고 나면 계속 눈에 도드라져 보인다는 점이다.

살면서 맺는 관계도 가만히 보면 숨은 그림이나 다른 그림을 찾는 일이 아닐까 하는 생각이 든다. 처음엔 눈에 잘 띄지 않지만 계속 들여다보면 문득 드러나는 숨은 그림처럼, 어떤 이와 오랜 시간을 보내다 보면 발견하게 되는 그림이 있다. 이런 성격이 있었는지, 그런 생각을 하고 있는지 미처 몰랐던. 잘 살피지 않으면 발견할 수 없었을, 당신에게 숨은 여러 모습의 그림들. 나는 그것들을 얼마나 찾아냈을까, 또 아직 남은 그림들은 얼마나 될까? 어쩌면 나는 내 안에 감춰진 숨은 그림조차 못 찾고 있는 건 아닐까?

지금 내가 그리고 있는 그림은, 옛날에 생각했던 그림과 무엇이 다른지 살펴보는 일 역시 나 자신을 이해하는 데 도움이 되겠다.

"여보, 나 뭐 달라진 것 없어?"

세상에서 가장 무서운 질문. 소중한 사람이라 하면서도 변화에 둔감할 때가 많다. 쉽게는 외모, 머리를 했다거나 새 옷을 샀다거나 하는 것에서부터, 달라진 표정과 감정의 변화까지. 자주 보는 사람일수록 변화를 알아채기란 더 어렵다. 하지만 달라진 점을 알아봐 주는 것은 평화로운 관계를 유지하는 중요한 요인이며 서로 이해하는 바탕이 된다.

삶은 매일매일 새로 시작하는 숨은 그림과 다른 그림 찾기 게임의 연속이다. 흔히 반복된다고 이야기하지만, 세상에 똑같은 하루란 없는 거니까. 무엇인가 어제와 다른 점을 발견하고 다른 일을 만들고 숨어있던 재미들을 하나씩 찾는다면, 가까운 이들을 조금만 더 그윽하게 바라본다면, 숨어있고 달라지는 그림을 더 잘 찾을 수 있지 않을까?

Part 4

성장, 더디더라도 조금씩

아무 걱정하지 마

중학생인 딸과 둘이서 사흘 동안 싱가포르 여행을 다녀왔다. 유니버설 스튜디오와 워터파크, 루지와 짚라인 등 주로 딸이 좋아하는 액티비티 위주의 일정을 짰다. 둘이만 같이 가는 여행이 처음이라 무사히 다녀올지 조금 걱정이 되었다.

첫날 갔던 유니버설 스튜디오는 평일인데도 사람이 무척 많았다. 놀이기구를 타기 전에는 소지품을 보관함에 넣어야 했는데, 특히 거꾸로 몸이 뒤집히는 롤러코스터 같은 경우에는 주머니에 지갑을 비롯하여 아무것도 넣지 못하게 했다. 그곳 보관함은 지문을 인식하여 짐을 넣은 후 나중에 지문으로 찾게 되어있었는데, 소지품을 다 넣고 나니 걱정이 들었다. 돈이며 카드며 핸드폰 다 넣었는데 누가 문을 억지로 따고 몽땅 꺼내 가면 어쩌나. 보관함이 좀 외진 곳에 있었는데 만약을 대비해서 비상금이라도 좀 빼고 넣을 걸 그랬나. 무지막지 비틀고 회전하며 뚝 떨어지는 롤러코스터도 아찔했지만, 그런 걱정이 실제로 일어나는 상상 역시 아찔했다.

영화 〈미이라〉 체험장 옆 보관함은 방식이 달랐다. 생년월일을 넣고 자기가 좋아하는 색을 고르면 보관함 번호가 뜨고 그곳에 물건을 넣게 되어있었다. 차례로 입력하니 보관함 번호가 떴고 어디 있나 둘러보았더니 바로 뒤에 있던 청년이 저기라고 손짓으로 가르쳐주었다. 짐을 넣고 보니 또 걱정이다. 내가 아무 말 안 했는데 저 청년은 보관함 번호를 어떻게 알았지? 아, 뒤에서 보고 있었구나. 그럼 생년월일부터 다 보지 않았을까. 그대로 입력하고 다 꺼내 가면 어쩌지? 갑자기 튀어나오는 미이라도 무서웠지만, 짐을 찾기 전까지 그런 걱정 또한 무서웠다.

정작 걱정해야 할 상황은 다음 날 일어났다. 늦은 점심 후에 트램을 갈아타고 시내 쪽으로 나가는 길이었다. 딸이 문득 가방을 보더니 핸드폰이 없다고 했다. 아마 아까 트램 정류장에서 뭔가 꺼내다 흘린 것 같단다. 이미 30여 분 시간이 흘렀고 그곳은 붐비는 정류장이었다. 잃어버렸다 싶었지만 그래도 다시 돌아가서 찾아보기로 했다. 계획이 좀 어긋나도 할 수 없었다. 그 자리에 가봤지만 역시 찾을 수 없었다. 근처를 돌아봐도 보이지 않아서, 일단 호텔로 돌아가 딸의 번호로 전화를 걸었다. 전화를 한참 받지 않다가 갑자기 한 여자가 전화를 받았다. 정류장 근처 놀이터 관리 직원인데, 누군가 정류장에서 주워 맡겨놓고 갔다고 했다. 딸과 한걸음에 달려가서 이미 문을 닫은 어둑한 놀이터 앞에서 핸드폰을 돌려받았고, 그제야 딸이 안도의 울음을 터뜨렸다.

누구나 걱정하며 산다. 일이 잘되면 혹시 틀어지면 어쩌나, 잘 되지 않으면 계속 그러면 어쩌나 걱정한다. 사람은 신체적으로 약한 존재라서 맹수에 잡아먹히지 않도록 걱정하고 조심하는 유전자를 품고 있다. 걱정 없이 태평하고 용감했던 선조들은 바로 그 때문에 후손에게 유전자를 남기지 못한 채 사라져 버렸을 것이다.

사실 우리가 걱정하는 일들 대부분은 실제로 일어나지 않는 일이거나 걱정해 봐야 영향을 끼칠 수 없는 것들이다. 마음의 평정을 추구했던 고대 그리스 철학자들은 우리가 어찌할 수 없는 것과 할 수 있는 것을 구별해서, 뜻대로 할 수 없는 일들은 수용하고 다만 할 수 있는 일에 최선을 다하고자

했다. 그것을 행복에 이르는 길이라고 불렀다.

딸과의 첫 여행은 잘 다녀왔다. 걱정했던 일들은 일어나지 않았거나 무사히 해결되었다. 오랜만에 찾은 싱가포르는 전보다 훨씬 볼 게 많았고 사람들은 친절했다. 어린아이인 줄만 알았던 딸은 생각보다 의젓한 여행 파트너가 되어주었다. 일어나는 일은 받아들이며 덜 걱정하고 살아도, 충분히 삶이 즐겁지 않을까 생각하게 된 여행이었다.

시들 자유

사무실 내 자리 근처에 식물들이 놓여 있다. 그들이 이곳에 오게 된 사연도 모르고, 식물의 종류가 무엇인지도 나는 정확히 모르지만, 우연히 나와 가까이 있게 되었고, 다른 이들이 관심을 가지지 않는다는 이유로 돌보게 되었다. 나로서는 돌본다는 것이 별 게 아니다. 일주일에 한 번 물주고, 볕이 좋을 때 블라인드 올리고 창문 열어 햇볕과 바람을 만나게 해주는 것이 전부다. 그래도 시키지도 않은 보호자 역할을 시작한 이후로 식물들이 전보다 푸릇푸릇해졌다. 연둣빛 새잎이 돋아날 때면 내 마음에도 덩달아 기쁨이 돋아났다.

그런데 얼마 전부터 그중 한 화분에서 줄기 두 개가 잎이 누렇게 뜨기 시작하며 점점 시들어 갔다. 다른 줄기들은 괜찮은데 유독 그 줄기들만 그랬다. 이럴 때 적절한 처방을 모르는 나는 그냥 마른 잎을 떼어내 주는 정도의 일밖에 할 수 있는 게 없다. 진한 초록 잎이 우거진 사이에 누런 줄기가 있으니 보기 좋지 않았다. 어차피 되살아나기 어렵다면 그냥 이쯤에서 잘라내는 게 낫지 않나 하는 생각도 들었다.

관상용이라는 말이 있다. 두고 보면서 즐기는데 쓴다는 뜻이다. 그런데 식물을 관상용이라고 부르는 순간 움터서 푸르게 자라다가 천천히 시들어 가는 식물의 한살이와는 거리를 두게 된다. 관상을 기준으로 보면 푸르고 진한 초록색은 보기 좋은 것이고, 시들어 가는 줄기가 끼어 있으면 좋지 않은 것이다. 보기 좋지 않으면 그 가치가 없어지는 것이 관상용 식물의 운명이다.

그렇지만 시드는 줄기가 전과 같이 물이나 양분 통로의 역할은 못 해도 한 뿌리에서 나서 지금껏 자란 식물 가족의 일원이지 싶었다. 일단 성급히 잘라내지 않기로 했다. 그동안 좁은 화분에 가두어 키우느라 미안했는데 천천히 다른 줄기들 사이에서 시들어 갈 자유는 주어야 하지 않나 해서 지켜보기로 했다.

예상대로 두 줄기는 점점 시들어 말라갔다. 그러던 어느 날 아침 이제는 이별할 때가 되었다 싶어 마른 줄기를 잘라내었다. 자른 줄기들을 종이에 싸서 버리려다 보니 잘라낸 줄기 바로 옆에 작은 새 줄기가 연둣빛으로 움터 자라 올라오고 있었다. 연한 새잎의 색이 시들어 가는 줄기의 색과 비슷해서 미처 몰랐었다. 노년과 아이는 이렇게 통하는 것일까. 시들어 사라지는 줄기들이 남기고 간 아이들 같아서 마음이 찡했다.

흐르고 쌓이는 것

가을이 막바지에 접어들면서 낙엽이 나무 아래 수북이 쌓였다. 잎들이 땅으로 내려와 뿌리를 덮는 거름이 되고 있다. 낙엽을 보며 생각했다. 자연의 움직임은 크게 두 가지 중 하나가 아닐까? 흐르는 것 아니면 쌓이는 것.

하늘에는 구름이 흐르고 물은 낮은 곳으로 흐르고 혈관 따라 피가 흐르고 달도 별도 시간도 세월도 흐른다. 그런가 하면 나무 아래 낙엽은 쌓이고 창틀에 먼지가 쌓이고 눈이 내려 땅 위에 쌓인다. 동식물은 오랜 기간 쌓여 화석이 되고 석탄이 된다. 쌓인 먼지는 바람에 날리고 쌓인 눈은 물이 되어 흐르고 석탄이 타면 연기로 흘러간다. 그러다가 또 어딘가에 고이고 쌓인다. 이렇게 자연은 쌓이고 흐르는 순환이 연속되면서 항상 자연스러움을 유지한다.

스트레스는 쌓인다고 하고, 사랑은 흐르는 것이라고 한다. 마음도 어딘가에, 누군가에 쌓여있다가 다시 흐르는 일을 반복하고 있다. 그러니 구별하자. 상대에 대한 고마움이나 스스로에 대한 믿음 같은 것은 잘 쌓아 놓는 게 좋지만, 지난 일에 대한 후회나 누군가와의 비교에서 온 불편함 같은 마음은 흘려보내야 좋다.

시냇물은 꾸준히 흘러야 맑음을 유지할 수 있고, 낙엽은 차곡차곡 쌓여야 나무가 크는 데 도움을 줄 수 있다. 마음의 맑음을 유지하고 단단히 커나가게 하려면 무엇이 흐르고 쌓여야 할지를 생각했다. 부질없는 근심 하나를 흘려보낸다.

보호 그물

야구장에는 보통 경기장과 관중석 사이에 보호 그물이 설치되어 있다. 강하고 빠른 타구가 관중석을 향해 날아가도 관중들이 다치지 않도록, 펜스 위쪽에 기둥을 세워 그물망을 만들어 놓는다. 그 설치 방식은 나라마다 달라서, 한국과 일본은 파울 구역 전체를 비교적 높게 두르는 데 비해, 미국 메이저리그 구장은 그물이 시야를 방해한다는 이유로 보통 내야 더그아웃에만 낮게 그물을 쳐놓는다.

그 위험은 미국 관중들이 부담한다. 미국에서는 야구 관중이 파울볼에 맞아 다치는 경우가 매년 1,800명이나 발생한다. 공에 맞는 사고가 빈발하자 메이저리그 구단들은 보호 그물 설치 구역을 지금보다 넓히겠다는 방침을 공표했다. 그런데 실제로 보호 그물을 설치하는 속도는 더디다는 기사를 보았다.

꼭 야구장이 아니더라도 보호를 위한 그물은 우리 주변에서 종종 볼 수 있다. 아기가 선풍기 날개에 다치지 않게 하는 그물, 벌에 쏘이지 않도록 하는 양봉업자의 모자에 달린 그물, 서커스 곡예사의 공중 그물 등. 보호 그물은 혹시 발생할 수 있는 위험에서 사람들을 보호한다. 보호에 대한 믿음이 있어야 용감한 모험이 가능하다. 소방관, 산악인, 스쿠버다이버, 우주 비행사 같이 위험을 무릅쓰는 일을 하는 이들은 모두 튼튼한 보호 장비를 착용한다. 우리가 놀이 공원에서 갑자기 뚝 떨어지거나 빙빙 도는 놀이기구를 타면서도 즐거울 수 있는 이유는 몸을 고정하는 보호 장비 덕분이고, 직선타에 맞을 걱정 없이 야구 경기를 직관할 수 있는 것도 보호 그물에 대한 믿음 덕분이다.

우리를 성장하게 만드는 것은 크고 작은 모험이다. 걸음마를 배우는 것에서 학교에 가고 사랑을 하고 직업을 찾는 것까지. 시도하고 포기하는 일, 모두 모험의 연속이다. 실패해도 크게 몸이나 마음이 다치지 않게 보호해 주는 장치가 있다면 더 큰 모험 속에서 성장할 수 있다. 그런데 가끔 막말 같은 거친 비난들이 빗맞은 타구처럼 위협적으로 날아들 때가 있다. 때로는 왜 맨땅에 헤딩이라도 해야지 그러고 사느냐고 탓하는 소리도 들린다. 다른 것은 다 필요 없다. 엉뚱한 파울볼 같은 이상한 말에 상처받지 않아야 하고, 맨땅에 헤딩하는 무모함은 없어야 한다. 맨땅에 헤딩하라고 하려면 적어도 헬멧 정도는 건네면서 말해야 한다.

세상의 해로운 것들을 거르고 막아줄 탄력 있는 그물이 많으면 좋겠다. 두근거리는 마음으로 모험을 떠날 수 있도록 감싸줄 보호 그물이 필요한 세상. 나도 이제는 누군가의 보호 그물 역할을 잘해야 하는 때로구나 하는 생각을 하게 된다.

어느 야구선수의 죽음

빌 버크너는 메이저리그 역사상 가장 뛰어난 1루수 중 한 명이다. 1969년부터 1990년까지 메이저리그에서 22시즌을 뛰며 2,715 안타를 쳤고 통산 타율 0.289의 준수한 성적을 거두었다. 1980년 내셔널리그 타격왕이기도 했던 그가 69세를 일기로 별세했다는 기사를 보았다.

그의 죽음이 기사화되는 이유는 그런 업적 때문이 아니다. 그가 보스턴 레드삭스에서 뛰던 1986년 월드시리즈 6차전에서 범한 실책 한 번 때문이다. 5-5로 뉴욕 메츠와 맞서던 10회 말 수비, 2사 2루에서 그가 평범한 땅볼을 가랑이 사이로 빠뜨려 점수를 내주면서 보스턴은 그 경기에 패하고 만다. 우승 기회를 놓치고 시리즈 3승 3패로 동률이 된 후, 7차전에서도 보스턴이 지면서 그는 시리즈 우승을 날려버린 주범으로 낙인찍혔다. 이후 2004년 보스턴이 밤비노의 저주를 깨고 86

년 만에 우승할 때까지 그와 가족들 모두 엄청난 비난과 마음고생을 감수해야 했다. TV에는 그의 실책 장면이 잊을만하면 리플레이 되었고, 그가 놓친 공이 수십만 달러로 경매에 등장하기도 했다. 2008년 보스턴 팬웨이파크의 개막전 시구를 마친 후 인터뷰에서 그는 "보스턴 팬들이 아니라 언론을 용서했다. 이제는 다 끝났고 다 잊었다. 이렇게 긍정적으로 생각할 수 있어서 기쁘고 행복하다"라고 말했다.

야구는 9회를 뛰는 동안 팀당 27명씩 54명, 9회 말을 빼면 적어도 51명의 선수가 '죽어야' 끝이 나는 경기다. 타자들은 공을 제대로 못 쳐서 죽거나 공보다 빨리 못 뛰어서 죽는다. 그 과정에서 수많은 우연과 필연들이 겹쳐져 경기를 만든다. 1986년, 그 월드시리즈에서도 일곱 번의 경기에 걸쳐 양 팀 합쳐 60점의 점수, 134개의 안타, 9개의 실책이 모여 각각 승패를 만들었다. 빌 버크너의 실책은 그가 했던 훌륭한 수비를 포함하여 시리즈의 수많은 수비 중 하나에 지나지 않는데도 하필이면 그때라는 이유로 인해 엄청난 시련의 계기가 되었다.

야구에서만 그런 일이 일어나지는 않는다. 사실 별것도 아닌 일을 빌미로, 꾸준히 삶을 잘 살아온 사람이 엄청난 비난의 화살을 맞는 경우가 있다. 한 번의 실수에 그가 살면서 이룬 모든 노력과 업적이 묻혀버리는 경우를 보면 너무 마음이 안타깝다. 기사를 보니 버크너는 69세인 그리 많지 않은 나이로 죽기 전까지 치매로 오랜 기간 투병했다고 한다. 그의 머릿속에 지우고 싶던 기억이 치매로 인해 사라졌을 거라고 생각하니 마음이 짠했다. 그가 부디 좋은 추억만 가진 채 편안히 잠들기를 바란다. Rest in Peace.

아끼지 말아야 할 것들

얼마 전 집 근처 횡단보도 앞에서 신호등이 바뀌길 기다리다가 문득 보도의 턱에 붙어있는 작은 광고를 보았다. " ___를 ___로 배우고 싶다면 010-XXXX-XXXX" 이건 대체 무슨 말인가? 두 부분 단어가 비어있으니 도무지 무슨 문장인지 모르겠다. 잘 들여다보니 처음에는 중요한 단어라고 붉은색으로 강조해 놓았는데, 붉은색 글자가 먼저 빛이 바래서 희미하게 보이지 않고 검은색 글자만 남은 것이었다.

이런 경우를 종종 본다. 특히 버스 안이나, 건물 벽에 붙은 오래된 벽보에 있는 문장이 그렇다. 특별한 색으로 중요하다고 강조해 놓은 글자들이 다른 글자들보다 먼저 사라진다. 예전에 어느 담벼락에 붙어있던 "어린이집 주변은 ____입니다"라는 퀴즈 같은 경고 벽보도 그랬었다.

가끔 나도 그렇다. 집에서 무엇인가 중요한 것인데 테이블이나 소파 옆에 그냥 뒹굴고 있어서 '아, 이건 중요한 것이니까 잘 두어야겠다' 하고 어딘가에 단속해 둔다. 그러고는 나중에 어디에 두었는지 잊어버리고, 전에 뒹굴던 곳만 애꿎게 바라보며 한참 동안 찾곤 한다.

살면서 특히 강조하는 것이 있다. 누가 혹시 "당신에게 소중한 것은 무엇인가요?"라고 물어보면 답으로 나올만한 말들. 너무 중요하기에 강조한다고 붉은색 글자로 표시해 놓고서는, 희미해질 때까지 의식하지 못하는 단어들이 있다. 우리 일상의 문장이 바쁜 동사들, 화려한 형용사들로 빠르게 맞물려 돌아갈 때, 구석에서 빛이 바래고 있는 무해하고 소중한 단어들이 있다.

좋은 물건일수록 자주 사용해야 하는데, 아낀다고 평소에 잘 쓰지 않는 경우가 많다. 그래서 나중에 정리하다 보면 별로 쓰지도 않았는데 낡아버려서 아쉬워했던 경험이 있다. 소중한 단어들도 그렇다. 좋은 그릇이나 값진 명품과 마찬가지로 단어들도 자주 사용해야 빛난다. 꿈이나 가족이나 건강이나 무엇이든, 소중한 단어들이 더 희미해져서 나중에 그 자리를 무엇이 채우고 있었는지 알아보지 못하기 전에, 빛바랜 색을 다시 진하게 덧칠하고 사용하는 시간을 가져야겠다.

* 광고와 벽보 내용은 원래 "영어를 언어로 배우고 싶다면"과, "어린이집 주변은 금연구역입니다"였다.

놓고 오는 일

어디든 자리에서 일어날 때면 앉았던 곳을 확인하는 습관이 있다. 예전에 밤늦게 탄 택시에, 장만한 지 얼마 안 된 스마트폰을 흘리고 내린 적이 있다. 그 사실을 알고 부랴부랴 집에서 휴대폰 위치추적 기능을 실행했는데, 그래 봐야 결국 지도를 통해 분당에서 강남으로, 다시 강북으로 서울 여기저기를 달리는 폰의 행적을 바라보는 일밖에 할 수 있는 일이 없었다. 폰은 할부금 완납 때까지 매월 떠올려야 하는 추억을 남기고 떠났다. 있었던 자리를 꼭 확인하는 습관은 그때부터 생겼던가.

자리에 앉아서 하는 모든 일은 만남이다. 앉아서 사람들을 만나고 음식과 만나고 영화와 책을 만나며, 해야 할 일과도 만난다. 자리를 떠날 때는 무엇이든 놓고 오게 된다. 벌은 꽃에서 꿀을 받으며 꽃가루를 남기고, 새는 나무에 앉아 열매를 먹고 씨를 흩뿌린다. 출근할 때 꿀잠 잤던 지하철 자리에 나는 피곤을 놓고 왔고, 옛친구와 만난 식사 자리에는 추억을, 어제 들렀던 상갓집 자리에는 위로를 놓고 왔다.

성북동 길상사 진영각 툇마루 한쪽에는 법정 스님이 생전에 앉으셨던 오래된 나무 의자가 있다. 투박한 의자 위에 스님은 무소유의 맑고 향기로운 말씀을 놓고 가셨다. 우리는 살아가는 동안 여러 곳에 머문다. 몸이 어느 곳에 오래 머물면 마음은 보통 그보다 더 길게 머무는 경우가 많다. 보통 머문 시간이 오랠수록 흔적을 진하게 남기지만, 짧은 만남이 깊은 흔적을 남기기도 한다.

요즘 내 마음은 주로 어디에 머무는가, 머무는 자리에는 무엇을 놓고 다니는가 살펴보게 된다. 이제 소지품은 그만 흘리고 다니자. 좋은 마음 같은 것만 흘리고 다니자.

정리의 정석

몸이 별로 좋지 않아 휴일 내내 집에 있었다. 집에만 계속 있다 보니 그동안 별로 신경 쓰지 않았던 책상 서랍이나 책장 속 어수선한 물건들이 눈에 들어왔다. 모처럼 주변을 치우고 몸을 좀 움직여서 낫게 하라는 신호인가 싶기도 해서 갑작스레 주변 물건들을 정리하기 시작했다.

무엇인가 정리할 때 버릴 것만 골라내려 하면 막상 그런 것이 잘 눈에 띄지 않는다. 그러면 정리하는 의미가 별로 없기에, 그럴 때 내가 쓰는 방법은 이렇다. 일단 모두 다 버리겠다는 생각으로 잡동사니들을 전부 끄집어내어 바닥에 쭉 깔아 놓는다. 그런 다음에 하나씩 살펴서 꼭 필요한 것들만 따로 골라내어 정리한다. 그렇게 하나씩 들고 바라보면 사물들은 애절한 눈빛을 하고 설마 버리실 거냐며 빤히 나를 바라보는 듯하다.

정리하는 기준은 보통 두 가지다. 하나는 쓸모, 다른 하나는 추억. 쓸모 있는 물건은 다시 정돈하고, 쓸모도 추억도 없는 사물은 바로 버리는 쪽으로 보낸다. 그런데, 쓸모는 없으나 추억이 담긴 사물 앞에서 나는 주저한다. 사물마다 나의 시간이 들어있다. 그때 한창 많이 들고 다녔던, 그때 누구에게 선물 받았던, 그렇게 학생과 사회 초년 시절의 추억이 담긴 사물은 차마 바로 버리지 못한다. 이번에 못 버리면 다음번에도 마찬가지일 것 같은데, 매번 그러듯 물건 정리는 제대로 못 한 채 추억 정리만 실컷 했다.

기억은 시간 속에서 유한하다. 시간은 많은 기억을 뭉툭하게 만들면서 고유명사를 점점 보통명사로 바꾸어 간다. 그때, 그 시절 많이 쓰던 사물을 다시 꺼내 보면 기억은 다시 뾰족하게 살아난다. 해인사 팔만대장경도 정기적으로 닦아주고 햇빛을 보게 하는 의식을 한다고 들었다. 팔만여 개 되는 경판 중 하나라지만, 그 하나하나 내용은 모두 다르고 소중하다. 사물은 기억을 되새김질하게 하는 수단이다.

책장 주변 정리를 한참 하다 보니 몸이 많이 회복되었다. 이래서 내 마음이 몸에게 정리를 시켰구나 하는 생각이 들었다.

사물을 정리하는 중에 마음도 같이 정리되어 차분해졌다. 그런데 한 곳을 치우고 닦아놓으니 자꾸 지저분한 다른 곳이 눈에 띈다. 이러다가 휴일에 온 집 안을 다 정리하게 생겼다.

엉덩이에 눈

아프리카 오카방고는 야생동물 보호구역으로 지정되어 있어 사자들이 곧잘 출몰하는 곳이다. 그런데, 문제는 사자들이 주변에서 키우는 가축을 공격하여 축산농가에 피해를 준다는 점이었다. 이곳에서 호주의 한 연구팀이 실험을 벌였다. 그들은 피해 지역의 소들 엉덩이 양쪽에 커다랗게 눈을 그려 넣고 4년간 관찰했는데, 그 결과 소 여러 마리가 사자에게 공격당해 죽었지만, 엉덩이에 눈을 그려 넣은 소 중에서는 사자에 희생당한 소가 한 마리도 없었다. 단지 엉덩이에 눈만 그렸을 뿐인데 그것이 소들의 목숨을 구했다.

"이게 어디서 눈을 똑바로 뜨고 쳐다봐?"라는 말을 듣는 경우가 있다. 지위가 높거나 나이가 많거나, 보통 강자가 약자에게 권위를 내세울 때 그런 말을 쓴다. 사람이 서로 눈을 맞춘다는 것은 상대의 존재를 인정한다는 의미다. 그래서 그렇게 시선을 내리깔라는 말은 너는 나와 동등하지 않다는 말이다. 사실 그 말은 상대에게 뭔가 찔리는 게 있거나, 자신의 속내를 들킬지 모른다는 두려움의 표현일 수도 있다. 시선은, 상대가 자신을 함부로 대하지 못하게 하는 힘을 지닌다.

사람 사이 관계도 서로 바라보는 것에서 시작한다. 생태학자 데즈먼드 모리스는 사람 사이의 친밀도를 접촉 수위에 따라 12단계로 나누었는데, 그 첫 단계는 서로 눈을 맞추는 것(eye to eye)에서 시작한다. '서로 눈이 맞아서'라거나 '첫눈에 반해서'라는 말은 관계에 미치는 시선의 힘을 나타낸다. '눈총'이라는 말도 시선에는 총처럼 쏘는 힘이 있다는 뜻이다. 사자가 소를 공격하려다가 엉덩이가 쏘아대는 눈총에 놀라 발길을 돌리는 모습을 떠올려 본다.

삶과 시선은 동행한다. 아침에 눈을 떴다가 저녁에 다시 감는 동안 하루가 흐르고, 한 사람의 생애도 눈을 뜨는 일로 시작하여 영원히 감는 일로 마무리된다. 눈은 몸에서 유일하게 외부에 노출된 뇌와 같아서 정보를 습득하고 복잡한 감정을 나타내는 일을 동시에 해낸다. 루게릭병에 걸린 이의 온몸이 마비될 때, 눈동자는 최후까지 움직이며 메신저 역할을 한다.

꿩은 매에 쫓겨 도망가다가 다급하면 풀숲에 머리를 처박고서 자기가 매로부터 안 보이게 숨은 것으로 여긴다는 말이 있다. 그런데 모든 꿩이 그렇지는 않아서, 어떤 꿩은 땅에 등을 대고 누워 가만히 지켜보다가 다가오는 매의 가슴팍을 세게 걷어차서 치명상을 입힌다고 한다. 그렇게 시선은 저항의 발판이 되기도 한다.

요즘 차를 몰고 가다 보면 짐칸에다가 커다란 둥근 눈 모양을 크게 붙여 놓은 크고 작은 트럭들이 가끔 보인다. 내가 지켜보고 있으니 너무 뒤에 달라붙지 말라는 뜻이려나 싶다. 살다 보면 사자가 아니더라도 일상을 위협하며 다가오는 것들이 있다. 그럴 때 먼저 해야 할 일은 일단 눈을 똑바로 뜨고 바라보는 일이겠다. 나도 삶의 위협을 막기 위해 평소에 뭔가 어디 눈이라도 그려 넣고 싶은데, 엉덩이 말고 어디에 어떻게 그려 넣을지 생각 좀 해봐야겠다.

실외기의 중요성

코끝에 와닿는 공기가 제법 차가워졌다. 집 근처 상가 앞을 지나는 길에 건물 외벽에 붙어있는 에어컨 실외기가 눈에 띄었다. 여름 내내 뙤약볕 아래에서 뜨거운 바람을 내뿜었던 투박한 실외기들이 비슷비슷한 모양으로 벽에 붙은 채 조용히 멈춰있었다.

에어컨은 본디 한 쌍으로 되어있다. 보통 에어컨이라 불리는 실내기는 집 안에 놓고 실외기는 그 이름처럼 집 밖에 자리 잡는다. 에어컨을 켜면 먼저 힘차게 도는 것은 실외기다. 실외기에서 냉각 가스를 압축하여 보내면 실내에서 가스를 증발시켜 온도를 낮추는 것이 에어컨의 원리인데, 그 와중에 발생한 열은 다시 실외기가 팬을 돌려 밖으로 내보낸다. 중요한 역할은 실외기가 거의 다 한다. 하지만 멋진 디자인을 가진 실내기가 사랑받는 동안, 투박하고 묵직한 실외기는 무관심 속에 방치된다.

대학 때 받은 교양 미술 수업 생각이 났다. 담당 강사가 두 장의 슬라이드 그림을 보여주었다. 먼저 르누아르의 〈무도회〉 그림. "매일 같이 열리는 이런 무도회. 옷이 참 화려하죠? 혹시 이런 옷들은 매일 누가 세탁하는지 생각해 봤나요?" 그다음 슬라이드, 도미에의 〈세탁부〉가 나타났다. 강가에서 빨래를 마친 후 아이의 손을 잡고 돌아가는 어머니의 고단한 모습이 무채색으로 투박하게 그려져 있었다. 무도회의 화려한 옷은 아마 저 커다란 빨래 꾸러미 안에 있겠다. 동시대의 두 화가는 색채만큼이나 서로 다른 세상을 보고 있었다.

화려하고 밝은 것일수록 이면에는 상반되는 어둠이 있다. 불꽃놀이나 네온사인은 어둠을 배경으로 하기에 더 밝고 또렷하게 빛나며, 조명과 환호성 뒤에 감춰진 연예인의 어두운 내면은 가끔 뉴스로 볼 수 있다. 내가 밝은 표정을 하고 활기차거나 공손한 말투를 내뱉을 때, 마음 한구석 나의 자아는 그 마음을 압축하고, 열을 식혀 내보내는 실외기 같이 돌고 있다. 에어컨의 고장은 대부분 실외기에서 발생하고, 그때가 되어야 실외기의 중요성을 알게 된다. 마음 한편에 웅크린 채로 묵묵히 돌아가는 실외기 같은 나의 자아는 멀쩡하게 잘 지내고 있는지 한번씩 살펴봐야 할 일이다. 고장 나서 멈추기 전에.

Fix You

며칠 전부터 감기 기운이 있었다. 으스스 춥고 목이 칼칼하더니 기침과 재채기가 점점 심해졌다. 병원에 다녀와서 약 먹고 반나절 지나자 몸이 한결 나아졌다. 감기약은 정확히 말하면 치료약은 아니다. 감기 바이러스가 수백 종에 달하고 변이 속도도 빨라서 단지 증상 완화 역할밖에 할 수 없다. 그렇다 해도 작은 알약 하나가 몸에 들어가서 연쇄반응을 일으키는 치유의 힘은 참 신기하다.

합성 의약품이 나오기 전까지 오랜 시간 동안 약은 자연에서 얻어졌다. 동식물이나 광물이 가진 치료 효능이 확인되고 약으로 처방전이 전해지기까지 사람들은 수많은 관찰과 실험, 시행착오를 거듭해 왔을 것이다. 그렇게 자연에서 얻어진 약은 몸의 자연치유력을 살려내어 질병을 극복하게 해주었고,

그를 바탕으로 합성 의약품이 발달했다.

사람의 마음도 그렇다. 마음에 파도가 밀려올 때, 바람 때문인지, 심연의 지진 때문인지, 파도를 타고 넘어야 할지, 일단 어딘가로 피해야 할지 관찰이 필요하고 여러 번의 시행착오도 있어야 한다. 그래야 어떤 처방을 만들면 자연치유력을 살릴 수 있는지 알게 되며, 그런 경험이 거듭되면서 마음이 점점 단단해질 것이다. 주변의 섣부르거나 게으른 조언은 오히려 치유력을 상하게 만든다.

감기 기운 속에 식당에서 점심을 먹는데 영국 밴드 콜드플레이의 노래 〈Fix you〉가 들려왔다. Fix에는 '고친다'는 뜻과 동시에 '고정한다'는 의미가 있다. 일 때문에 사람 때문에 마음이 흔들리는 일을 겪는다. 숲에 있는 나무라든가 항구에 정박한 배는 바람이 불거나 파도가 칠 때는 많이 흔들리지만 바람이 멎으면 다시 평온한 상태로 돌아간다. 땅에 뿌리를 내리고 있거나 수면 아래 닻을 내리고 있는 덕분이다. 마음을 어딘가 고정할 수 있다면 흔들림이 지나가면서 자연스럽게 고칠 수 있는 시기를 기다리는 여유가 생긴다. 고정하고 고치는 것, Fix의 의미는 서로 통한다.

콜드플레이의 감미로운 목소리에 조금 위로받으며 몸이 좀 괜찮아지는 느낌이 들었다. 평정심으로 나를 붙잡아 진정시키며 나에게 자연치유력을 전달하는 힘. 나에게 Fix의 힘은 어디에서 오고 있을까?

돌보는 시간

작은 어항에 키우던 물고기가 세상을 떠났다. 6년 전에 집에 들어온 11마리 몽크호샤 중에서 마지막 남은 한 마리였다. 작은 물고기가 6년을 살았으면 아주 노년인 셈이라서 눈에 띄게 힘없이 바닥에 눕다가 갑자기 튀어 오르기를 며칠 동안 반복할 때부터 나는 헤어질 준비를 하고 있었다.

물고기가 떠난 뒤에도 어항을 물이 담긴 그대로 며칠 놓아두었다. 추모 주간이라고 할까. 이제 먹이를 줄 일도, 물을 갈아주거나 청소할 일도 없는 빈 어항만 남으니 마음이 허전했다. 다시 물고기를 들이지는 않기로 했다. 삶을 전적으로 의지하는 생명체를 돌보는 것은 즐겁기도 하지만 쉽지 않은 일이었다.

물고기는 다른 반려동물과는 달리 직접 접촉이 어렵고, 거주 공간도 완전히 구분된다. 그냥 먹이 주고 물 갈아주며, 어항과 여과기를 청소하는 일만 꾸준히 해왔다. 어느 대상과의 애착은 서로 알아보고 반가워하고 쓰다듬는 것 같은 상호 작용으로 쌓여가는 것일 텐데, 물고기와는 그런 관계가 안 되기에, 같이 지낸 오랜 시간에 비해 이별의 슬픔이 그리 크지는 않았던 것 같다.

시간이 좀 지나서 어항의 물을 비우고 마지막 청소를 마쳤다. 어항 바닥에 깔려있던 작은 돌들은 어찌할까 하다가 집에 있던 화분들 흙 위에 골고루 깔아주었다. 문득 어항 대신 화분을 더 들여놓아야겠다 싶은 생각이 들어, 꽃시장에서 작은 식물을 몇 가지 골라 왔다. 새 토분에 분갈이해 준 덕분인지, 우리 집이 마음에 들었는지 새로 들어온 식물들이 생각보다 잘 자랐다. 옅은 연두색의 작은 잎을 올리나 싶더니 어느새 보면 큰 잎을 펼치고 있고, 기대도 하지 않았던 꽃도 피워 올렸다.

주위에서 뭔가 힘을 내어 노력하는 것을 보면 안쓰럽고 또 대견하다. 삶의 마지막 순간까지 헤엄치려 안간힘을 쓰던 물고기, 뿌리를 내리고 새잎을 펼쳐 올리며 자라는 식물들이 그랬다. 스포츠도 한 골이라도 더 넣으려고, 한 베이스라도 더

진루하려고 힘차게 달리는 선수들이 있어 애증을 가지고 지켜보게 된다.

사소하고 소소한 것을 지키는 일은 화분 위에 작은 돌을 펼치는 일 같다. 어항에서 물고기와 지냈던 돌들이 화분에서 식물들과 같이 지낸다. 별 의미 없는 하루였나 하며 집에 돌아왔을 때, 열심히 새잎을 틔우며 자라고 있는 식물들을 보면서 위로받는다. 나도 조금씩 자라고 있겠지. 세상 모든 것이 그렇게 서로 돌보며 살아가고 있겠지.

씨앗에게는 어둠이 필요하다

마트에서 씨앗 코너 꽃씨들 사이에 꽂혀있는 무순 씨앗이 눈에 띄었다. 월남쌈이나 김초밥에서 뺄 수 없는 알싸한 존재감. 무의 새싹, 무순. 집에 가져와서 봉지를 뜯어보니 씨앗이 꽤 많이 들어있었다.

재배하는 법은 간단했다. 씨앗을 대여섯 시간 물에 불린 후 키친타월을 적셔 깔고 접시에 올렸다. 싹이 트려면 따뜻한 곳에서 빛을 가려줘야 한다고 하여 작은 상자로 덮어두었다. 다음 날 아침에 들춰보니 벌써 솜털 같은 하얀 뿌리를 내며 작은 싹들이 저마다 머리를 들고 있었다.

식물의 발아 과정에는 수분과 적당한 온도, 어둠, 산소가 필요하다. 씨앗은 수분으로 껍질을 불려 호흡을 준비하며, 어둠 속에서 뿌리를 내리고 떡잎을 펼친다. 그러는 동안 산소는 씨앗의 대사를 도와 에너지를 공급한다. 가지고 태어난 영양분이 소진되면 작은 떡잎은 햇빛을 받아 광합성을 시작한다.

마른 씨앗이 물에 불어 잠에서 깨어나고 어둠 속에서 잎과 뿌리를 틔워내는 과정은 아기가 자궁에서 자라는 과정과 비슷하지 않을까 생각했다. 양수에 잠겨 어둠의 시간을 보내다가 어느덧 자궁이 답답할 정도로 성장하면 발아하듯 밖으로 뛰쳐나오는 아기처럼.

누구나 마음속에 씨앗 한두 개씩은 품고 산다. 다만 싹 틔울 환경이 마땅치 않아서 한참 몸을 물에 담그고 어둠 속 답답함을 견디는 중이다. 그렇게 껍질을 한껏 부풀려야 새싹의 힘으로 껍질을 뚫어낼 수 있다. 인생도 마찬가지다. 물에 푹 잠긴 듯 사방이 축축하고 먹먹하게 느껴지거나 주변이 깜깜하고 몸이 답답하다면, 발아 시기가 임박한 것이다. 새싹이 비로소 어둠 속에서 껍질을 뚫어낼 시간이 다가왔다는 뜻이다.

마음을 청소하는 법

휴가를 내긴 했지만 멀리 가지는 못했다. 주로 집 근처에 머무르며 휴가를 보냈다. 느지막이 일어나 집 근처를 거닐었다. 늦은 아침 길에 나온 비둘기와 길고양이도 나와 같이 느리게 움직이고 있었다. 나무가 걸러주는 햇볕과 가끔 스치는 바람, 목적지 없는 산책에 마음이 편안했다. 오랜만에 시내에 나가 전시회를 보고, 느긋하게 점심을 먹었다. 주위가 소란하지 않고 바빠 보이는 이가 없는 곳에 머문다는 것 자체가 좋았다.

집에서 보내는 시간이 많다 보니 갑자기 장식장이 눈에 들어왔다. 장식장에 소복이 먼지가 내려앉아 있었다. 여행 다녀올 때마다 작은 소품을 사와 하나둘 올려놓았는데 그동안 먼지가 꽤 쌓였다. 이참에 닦아야겠다는 생각에 장식장 물건들을 하나씩 들어내다 보니 물건이 있던 곳과 아닌 곳이 먼지로 확연히 구별되고 있었다. 쌓인 먼지와 함께 여행의 추억이 풀썩대고 있었다.

장식장 유리를 하나씩 빼내어 먼지를 닦았다. 한참 쌓인 먼지라서 걸레에 물을 적셔 세게 문질러야 했다. 물걸레로만 닦고 나면 마르면서 유리에 얼룩이 남기에, 물기가 채 마르기 전 마른걸레로 다시 말끔히 닦아 마무리했다. 맑아진 유리판 위에 먼지 닦은 소품들을 하나하나 올려놓으니 여행 느낌도 다시 살아나고 기분도 함께 개운해졌다.

어떤 감정이 마음에 오래 머물러 있으면 시간의 먼지가 계속 쌓여가며 지저분해진다. 뭔가 한번 터지고 밀어닥쳐 한꺼번에 씻어버릴 때가 있지만 그래도 완벽하지 않다. 감정이 휩쓴 후 닦아내면 먼지는 씻겨가도 얼룩이 남기 마련이다.

슬픔이 끈끈하고 복잡한 성질이라면 기쁨은 가볍고 단순한 감정이다. 기쁨은 뽀송한 걸레처럼 슬픔이 지나간 얼룩을 닦아서 마음을 정화하는 역할을 한다. 그래서 마음 청소는 슬픔 같은 물걸레로 시작하더라도, 기쁨 같은 마른걸레질로 마무리해야 한다.

왕가위 감독의 영화 〈중경삼림〉에서 경찰 663(양조위 분)은 연인과 이별을 겪은 후 마음이 크게 흔들렸다. 수도를 잠그지 않아 방에 물이 찰랑찰랑하면 집이 눈물을 흘렸다고 생각하고, 집에 돌아오면 젖은 수건과 중얼거리며 슬픔을 나눴다. 663을 짝사랑하던 아비(왕정문 분)는 그의 전 여자친구가 맡긴 열쇠로 빈집에 몰래 드나들며 수건을 포함한 그의 오래된 물건을 하나둘 선명한 색을 가진 새 물건으로 바꿔 갔다. 영화는 축축한 감정을 잘 말려 뽀송한 희망으로 바꿔나가며 각자 미래를 꿈꾸는 이들의 이야기다.

마음속에는 지층처럼 켜켜이 쌓인 감정들이 있다. 가끔 울컥 올라오며 존재감을 과시하는데, 어떤 감정이든 함께 살아야 하는, 필요한 것이기에 그때그때 닦으며 돌봐야 한다. 그러니까 평소에 마음을 닦을 걸레는 잘 말려 닦을 준비를 하고 있어야겠다. 맑은 날 산책처럼 기쁨을 누릴만한 일들을 만드는 것도 마음 걸레를 뽀송하게 말려놓는 일이 아닐까.

마음을 해감하는 시간

물컵에 담긴 만년필 펜촉에서 푸른 잉크가 실처럼 풀려나와 맑은 물에 퍼지는 모습을 담은 사진을 보았다. 페이스북에 그 사진을 포스팅한 페친은 두 달에 한 번쯤 이렇게 물에 담가 피드가 머금은 잉크를 빼준다고 했다. 그러면 만년필이 잉크를 더 잘 삼킨다면서.

영화 〈8월의 크리스마스〉의 한 장면이 떠올랐다. 시한부 삶이 끝나가는 것을 느낀 사진관 주인 정원(한석규 분)이 그 사실을 모르는 다림(심은하 분)에게 마지막 편지를 쓰기 전, 만년필을 물이 든 컵에 담아 조용히 씻어 말린다. 편지는 끝내 부치지 못했지만, 그동안 묵묵히 담았던 사랑을 편지에 글로 풀어놓았다. 마치 만년필이 그동안 굳게 담았던 잉크를 맑은 물에 풀어내듯이.

해감이라는 말이 떠올랐다. 조개를 소금물에 담가 어두운 곳에 놓으면, 조개는 오랫동안 물고 있던 진흙을 천천히 뱉어 낸다. 바다 해(海) 자를 넣어, 해감이라 한다. 담긴 것을 내보내는 해감의 시간은 사람에게도 필요하다. 혼자 있거나 둘이 있거나 마음에서 흘러나와 풀어지는 것. 고백이거나 눈물이거나 비밀이거나 속마음이거나. 꺼내놓아야 돌볼 수 있는 것.

들숨과 날숨이 합쳐지면 호흡이 된다. 숨을 한번 참아보라면 다들 일단 숨을 훅 들이마신다. 시간이 지나며 숨이 점점 가빠오는데, 결국 푸 하고 숨을 내쉬면서 숨 참기는 끝난다. 숨은 들이마시는 게 아니라 내쉬는 것으로 완성된다. 생각해보면 우리는 무엇인가 몸에 들일 때보다 내보낼 때 더 후련함을 느끼지 않던가.

만년필과 조개의 해감에 맑은 물이 필요했던 것처럼, 사람에게는 고요한 시간이 필요하지 않을까. 누군가에게 이야기하다가 혹시 아, 내가 너무 좋은 말을 적절히 하고 있네 하는 생각이 들 때는 오히려 말을 끊고 고요함을 찾는 편이 낫다. 맑은 물에 고요하게 담그는 일, 맑은 말을 마음에 담그고 충분히 우러나와 전해지는 일, 그것이 해감의 시작이다.

기억은 성장하지 않고

서울 여의도에 특이한 건물이 있다. 백화점이 아닌데 사람들이 백화점이라고 부르는 건물. 엄연히 빌딩 이름이 따로 있는데도 사람들은 그냥 백화점이라고 부른다. 나는 누군가 그곳을 지금 이름인 맨하탄 빌딩이라고 부르는 것을 들어보지 못했다. 다들 여의도 백화점, 그보다는 줄여서 그냥 '여백'이라고 부른다. 여백 앞에서 보자고 하거나 여백 지하 식당이라고 얘기하거나.

지금은 많이 낡았지만 1983년 신축 때는 그 당시 몇 개 없던 백화점으로 개장했다. 얼마 안 가서 영업 부진으로 문을 닫았지만, 창문을 새로 내고 내부 공간도 나누어 오피스 빌딩으로 다시 태어났다. 그래도 사람들이 계속 백화점이라고 부르니 아예 건물 전면에 '구) 여의도 백화점'이라고 커다랗게 간판을 세워 놓았다.

'구'라는 접두사는 지금은 '구남친'이나 '구정' 같은 단어에 나 붙는 잘 쓰지 않는 말이지만, 백화점이 아닌데 그렇게 부르고 있으니 어쩔 수 없었겠다. 일반 오피스 빌딩과 달리 1층에 로비 대신 사무용품이나 약국, 시계방, 꽃집, 서점 같은 잡화 매장이 있고, 7층에는 식당가로 음식점들이 들어와 있는 것이 백화점 흔적으로 남아있다.

많은 이유로 호칭은 바뀌고 같은 것이 다른 이름으로 불린다. 얼마 전에 경력증명서를 내야 할 일이 있었다. 인사부에서는 건강보험 자격득실확인서를 발급하면 '구'직장이 다 나와 있어 경력증명서로 쓸 수 있다고 했다. 발급받아 살펴보니 낯선 회사 이름이 있었다. 뭔가 잘못되었나 하며 근무 연도를 맞춰보니 내가 다닌 회사가 합병되고 인수되어 지금 그 회사가 되어있었다. 회사명에는 예전 명칭을 굳이 '구'라고 달지 않으니 옛 이름은 다닌 이들의 기억 속에나 남아있다.

가끔 '구'직장 사람들을 만나면 보통 그때 불렀던 호칭을 그대로 부른다. 누구 대리님, 누구 선배, 누구 씨. 호칭에는 그 시절 추억이 담긴다. 내가 참여하는 독서 모임에서는 각자 별명을 정해서 부르는데, 내가 불리는 호칭에 따라 나는 조금씩 다른 사람이 된다. 김부장님, 라이언님, 그래도님, 병수 씨. 부르는 호칭이 다양할수록 삶은 풍부해진다.

여의도 중심의 그 낡은 흰 건물에게는 맨하탄 빌딩이라는 이름이 아니라 백화점으로 불리는 기분이 어떠려나 생각했다. 맨하탄 아니라 맨해튼 정도 발음으로 불러줘야 그래도 좀 나으려나 하면서도, 얼마 전에야 새 백화점이 들어선 여의도에서 백화점의 추억을 간직하고 있으니 나쁘지는 않겠다는 생각도 들었다. 참, 여백 지하에 유명한 콩국수집이 있다. 한 그릇 대접할 테니 여백의 추억을 같이 나누실 분은 연락 한번 주시라. 먼저 가서 줄 서고 있겠다.

나는 속수무책을 사랑한다

'수습'이라는 말에 대해 생각한다. 흩어지고 어수선한 물건이나 마음을 거두어 바로 잡는 일을 '수습'이라고 한다. '정리'와 비슷하지만 느낌은 사뭇 다르다. '수습'에는 '차곡차곡'보다 '주섬주섬'이, '찬찬히'보다 '우선'이라는 말이 더 잘 어울린다. 눈앞에 널려 있는 것들을 먼저 치우고, 벌어진 일은 받아들일 궁리를 하며, 미뤘던 일은 조금씩 해보자고 생각한다. 수습하는 과정에서 일상으로 들어오는 일이 점점 늘어나면 뭔가 정리도 더 되겠지 생각한다.

건강검진을 받을 때면 마지막 차례인 수면 내시경을 기대하곤 했다. "자, 주사약 들어갑니다" 하는 순간 마취를 참아보면서 매번 느끼는 그 '어쩔 수 없음'이 신기해서다. 피하려고 애를 써도 그냥 까무룩 기절하듯 받아들일 수밖에 없는 조금 재밌는 '속수무책', 마치 잠시 죽었다 깨는 듯 짧은 체험 시간. 그런데 요즘은 삶과 죽음이라는 것이 그 반대와 가깝다고 생각한다. 살아있는 시간이 마치 같은 짧은 시간이 아닐까 하는. 암흑으로 가득 찬 공간에 아주 드물게 빛나는 별들이 우주를 구성하는 것처럼. 오랜 무생물의 시간 중 아주 짧게 등장하는 마취와 같은 순간이 나의 삶이라서, 우연에 우연이 겹쳐져 얻어진 이 짧은 삶이라는 순간이 정말 소중하지 않나 하는 생각.

삶에서 이별, 사랑, 고난이나 행복 등 많은 일은 그냥 모두 속수무책으로 다가온다. 생각해 보면 자연의 질서가 대개 그런 것 같다. 봄에 꽃망울을 터뜨리는 나무도, 심장 박동도, 태양을 도는 지구도, 흐르는 시간도 참으려 해도 참아지지 않는 일. 어쩔 수 없이 그냥 벌어지고야 마는 일. 세상의 온갖 속수무책들을 받아들여 주섬주섬 수습하며 사는 게 잘사는 것이 아닐까? 세상의 모든 속수무책을 나는 사랑한다.

더 멀리 달리는 법

1년에 한 번씩 가족 모두 5km를 달린다. 해마다 5km 종목이 있는 마라톤 대회 중에서 적절한 대회를 골라 뛰어온 오래된 가족 행사인데, 나는 매번 걷지 않고 완주하기를 목표로 한다. 그런데 별로 안 되어 보이는 5km도 나에게는 꽤 힘든 거리라서, 나름 한참 뛰었다고 생각했는데도 2km 푯말 이후로 다음 푯말은 좀처럼 나타나지 않는다. 반환점 이후로는 숨이 턱까지 차올라 헉헉댄다.

아이들은 이런 나를 보고 보노보노처럼 뛴다고 했다. 사실 그쯤 되면 해달 보노보노라고 부르건, 다람쥐 포로리라고 부르건 간에 상관없이, 어서 결승점에 도착하여 풀썩 주저앉아 쉬고 싶은 생각만 간절하다. 몸은 갑자기 나한테 불평을 쏟아낸다. "저한테 오늘 왜 이러시는 거죠?" 하면서, 좀 라인 안

쪽으로 돌자고 한다. 열심히 뛰어왔으니 이제 걸으면서 숨 좀 돌리자고 부추긴다.

그래도 그날만은 몸이 하는 말을 무시했다. 힘들어도 천천히 달릴지언정 멈추고 걷지는 않았다. 매일매일 조금씩 타협하고 자기합리화하며 보내는 삶이지만 그날만큼은 그러지 않기로 했다. 비록 기록은 빠르지 않았으나 달리기를 멈추지 않는다는 목표는 달성해서 뿌듯한 마음이었다.

예전에 10km 마라톤을 뛰던 때가 있었다. 10km를 목표로 하여 달리는 나에게 5km는 반환점을 도는 정도의 거리였다. 그때는 반환점은 기본이었고, 반환점에서는 '힘들어 죽겠는데 이제 겨우 절반이구나' 생각하면서 어쨌든 힘을 내서 꾸역꾸역 나머지 거리를 달렸다. 10km를 각오하며 달릴 때와 5km를 목표로 생각하며 달릴 때, 5km에 대한 마음가짐은 꽤 다르다. 어떤 일을 하건 멀리 볼수록 좀 더 잘 견디면서 갈 수 있는 건가 싶다.

멀리 보면 나는 이제야 삶의 중간 지점, 이를테면 반환점을 통과하는 위치에 왔다. 앞으로는 푯말에 붙은 거리 표식 하나하나에 주목하지 않고 그냥 담담하고 꾸준하게 뛰려고 한다.

다만 천천히 뛰더라도 될 수 있으면 멈춰 걷지는 않도록, 혹시 멈추었더라도 곧 기운을 차려 다시 달릴 수 있도록, 너무 무리해서 달리다가 힘 빠져 허덕이는 일은 없도록 해야겠다. 결승점이 언제 나타날지 모르는 게 인생이니까.

쓰는 존재 6

의미의 발명

초판 1쇄 발행 2024년 3월 22일

지은이 김병수
펴낸곳 (주)행성비
펴낸이 임태주
책임편집 이윤희
디자인 최성경
마케팅 한경화, 배새나

출판등록번호 제2010-000208호
주소 경기도 김포시 김포한강10로 133번길 107, 710호
대표전화 031-8071-5913
팩스 031-8071-5917
이메일 hangseongb@naver.com
홈페이지 www.planetb.co.kr

ISBN 979-11-6471-257-1 (03810)